感动系列

温暖我一生的冰灯

——感动中学生的 100 个父亲

◎总 主 编：刘海涛
◎主　编：滕　刚

九 州 出 版 社
JIUZHOUPRESS 全国百佳图书出版单位

图书在版编目(CIP)数据

温暖我一生的冰灯：感动中学生的 100 个父亲 / 滕刚主编.

—北京：九州出版社，2005.8(2021.7 重印)

ISBN 978-7-80195-381-0

Ⅰ.温... Ⅱ.滕... Ⅲ.文学–作品综合集–世界

Ⅳ.I11

中国版本图书馆 CIP 数据核字(2005) 第 097100 号

温暖我一生的冰灯：感动中学生的 100 个父亲

作　者	刘海涛 总主编　滕　刚 主编
出版发行	九州出版社
地　址	北京市西城区阜外大街甲 35 号(100037)
发行电话	(010)68992190/2/3/5/6
网　址	www.jiuzhoupress.com
电子信箱	jiuzhou@jiuzhoupress.com
印　刷	北京一鑫印务有限责任公司
开　本	787 毫米 × 960 毫米　16 开
印　张	12.5
字　数	245 千字
版　次	2005 年 9 月第 1 版
印　次	2021 年 7 月第 3 次印刷
书　号	ISBN 978-7-80195-381-0
定　价	32.00 元

目 录

一则关于父亲的传说

一个父亲的箴言

你很重要

纸上的声音

温暖我一生的冰灯

最后的愿望

一则关于父亲的传说

温暖我一生的冰灯

微风拂过，我仿佛看到父亲微笑着站在面前，缓缓地抚摸着我的秀发，他虽然不说话，但我却读懂了他那慈爱的眼神。在父亲的目光里我读懂了一种博大的亲情，那是一种江海般宽大的胸怀，一种升华的父爱！

等到兄妹二人一起把财产挖出来时,金钱已经变成了一条纽带,把两个人紧紧地连在了一起。

遗　产

●文/佚　名

唐哈维尔·德·坎普萨诺自知将不久于人世,但他感到异常的平静。只有一件事让他放心不下。他很有钱,担心自己一旦离开人世,他那对孪生儿女就会由于遗产问题而产生争执。

他记得自己当年同哥哥争财产的情景:兄弟间的感情竟会因此荡然无存,甚至成为仇敌。当初,他真希望哥哥遭受一切厄运,有一天夜晚,他甚至躲在树丛里想伺机干掉自己的亲兄弟。多少年来,这个伤天害理的念头一直折磨着他,令他羞愧难当。

为了避免发生这种不幸的事情,唐哈维尔将儿子送进军校读书,不让他呆在家里,眼看自己快不行了,才准备将儿子何塞·马丽亚叫回家,让他与妹妹马丽亚·何塞法生活在一起,他想呀想呀,费尽了心思,终于想出了一条妙计……

一天,他将女儿叫到身旁,十分认真地对她说道:"孩子,在你哥哥回来之前,我要告诉你一件至关重要的事情。没有必要表白我有多么疼你,你是姑娘家,我得特别地关照你,使你今后更加幸福。只有这样,我才放心,你也会为此祝福我的……在我们家别墅一楼的客厅,就是那个有个陈旧笨重大衣柜的客厅,从门开始往左数,就在第十七块砖头底下有块石头,石头下埋着一个小铁匣,里面装有一百万瑞尔金币。这可是我多年的积蓄!这都是你的,归你一人所有。从现在起,我们不再谈这事了。"

马丽亚·何塞法悲戚地微笑着,一再说永远也不会有这个时刻的到来。当晚,何塞·马丽亚回到了家。兄妹俩悉心照料着父亲,没过多久,死神终于夺走了老人的生命。

眼泪陪伴着兄妹俩度过了葬礼后的好些日子。他们少言寡语,无心交谈。过了许多天,他们才打开遗嘱,同律师一道处理了一切后事。一天晚上,兄妹俩待在客厅，马丽亚·何塞法走到哥哥身旁坐了下来，然后怯生生地开了口："何塞，我得告诉你一件事……一件怪事……爸爸说……"

"怪事？说吧，亲爱的……"

"嗯……你可别吃惊……我们的别墅里有价值百万的金币！"

"不，小傻瓜！"何塞·马丽亚忙纠正，"你听错了。不多不少，那一百万是在牧场！"

"哎呀，何塞！爸爸跟我说得一清二楚，还不让落了一个字，那一百万金币埋在第十七块砖底下的石块下面。"

"那一定是你搞错了！爸爸明明白白告诉我，钱在牧场那棵靠旧墙的树下。那儿有一堆乱石，石堆下有几块砖头，小铁匣就藏在砖头下，里面有一百万金币。"

"亲爱的，那是不可能的！你得相信，你回到家时，爸爸快不行了，危在旦夕，也许神志不大清楚了。"

"马丽亚，"何塞抓住了妹妹的手，沉思了片刻，说，"要不就是有两个铁匣子。这样，我们都没有说错。爸爸还说那钱只是我一个人的……"

"他也这么对我说……"

"可怜的爸爸！"何塞·马丽亚喃喃地说，"真让人难以理解！可……要是你愿意，我们就到别墅和牧场去看看，这样一切都会明白。"

"说得对，"马丽亚·何塞法说，"先去别墅吧，那里一定会有钱的。"

"你知道……我没有先告诉你，因为怕你觉得爸爸偏心我，更疼我……我想把钱取出来给你一半，但不告诉它的来历。如此说来我真是笨蛋一个。"

"不，不，你做得对，"马丽亚·何塞法心慌意乱，"我认为我说得太多了……我本该先去取钱，然后像你一样，把钱给你，也不把钱的来历告诉你。"

几天后，他们一同来到别墅，并在父亲说的地方找到了小铁匣。没来得及打开，他们又朝牧场出发了，在那棵树的石堆下也找到了一样重的铁匣子。他们在客厅里打开铁匣子，里面果然盛满了金币。过了半晌，马丽亚·何塞法突然叫了起来："匣子里有一张纸条！"

"我这里面也有一张！"哥哥也叫了一声。

"瞧，这是爸爸的笔迹。"

"这也是！"

"哦，爸爸说：'我的孩子，如果读这张字条时是你单独一人，那么我深感遗憾，但我原谅你；如果是你们兄妹俩一起看，那么我会高兴得从墓地中跳出来为你们祝福……'"

"我这张也是这样写的。"过了片刻,马亚丽·何塞法说道,她抽泣着,又悲又喜。

兄妹俩扔下了字条,踩着洒满一地的金币,伸开双臂向对方迎上去,久久地搂在一起。

父亲的遗产

赏析/佚 名

　　一位对金钱这个怪物感触很深的男人,一位为自己当年曾经有过可怕念头而悔恨的老人,一位不久于人世的父亲,怀着对儿子和女儿最深沉的爱恋,精心设计了遗产的分配——在两个不同的地方分别埋下一个秘密。这样做意味深长,首先会让儿女们觉得财产只留给了自己,避免了因此而起的纷争。再有,老人向儿女说出这个秘密时,埋藏在地下的财富也埋进了两兄妹的心里。这时地下埋着的不只是单纯的金钱,还是检验兄妹感情的一块试金石。老人虽然离世,但还在冥冥之中注视着他的孩子们。等到兄妹二人一起把财产挖出来时,金钱已经变成了一条纽带,把两个人紧紧地连在了一起。此时,兄妹之间的感情已经站在金钱的上面,成了一笔闪光的财富。我想,这才是老人留给儿女的真正的遗产吧!

毫无疑问,父亲对儿子的爱当然也像刚刚煮好的面一样,冒着浓浓的热气。

公 仔 面

●文/颜纯钧

半夜两点多钟他打电话回家。

"爸,我现在在离岛,我不会回家了,我对不起你们,会考考成那样,阿娟昨天又说要分手,我没脸再混下去了。"

爸爸静了好一会儿,缓缓说:"你要这样,我也没办法,我也老了,到哪里找你去? 你考得不好,大概是我们没有遗传给你天才;你被阿娟甩了,大概是我们把你生得太丑。错在我们,怨不得你!"

"爸,你们保重自己,我不能尽孝了。"

"我们的事你就别管了,但你要自杀,有两件事不可不注意。一是要穿戴整齐,别叫人笑话;二是别在人家度假屋里,人家还要靠它赚钱呢! 弄脏了地方,对人家不起。"

他想了想,说:"爸,你想得周到,我会照你吩咐的去做。"

爸爸说:"我没吩咐你做什么,我只吩咐你不要做什么。"

他感动了,这样的爸爸,天底下也真不多。

"爸,我最担心的是妈妈,我不敢打电话给她,你帮我编一个谎话,暂时骗骗她好吧?"

"生死大事都由不得我们了,这种小事倒计较来做什么? 她不会怎么样的,总得活下去。我们不像你们,一辈子什么苦没吃过? 早就铜皮铁骨了! 都像你这样,考试成绩差一点,女朋友跑掉,就要死要活的,我们早就死掉几条命了,还等到把你生下来? 把你养这么大? 还等得到三更半夜来跟你说这些不知所云的话!"

他给这几句话镇住了,半晌出不得声。

"爸,那就这样了……"他突然不知说什么好,"都半夜了,你怎么还没睡?"

"我今晚又失眠了,肚子饿,起来煮一包公仔面吃。"

"爸你又吃公仔面！医生说老吃公仔面缺乏营养。"

"做人不要太认真。肚子饿就管不得医生了，没有鲍参翅先拿一包公仔面顶顶饿也可以。"爸爸的口气突然轻松起来，"你知道吗？我发现了一种公仔面的新吃法，一包公仔面、四粒芝麻汤丸一起煮，甜香糯滑，味道妙不可言。从前都不知道公仔面有这么好的吃法。有时候，平平常常的东西，变个样子来吃，就吃出新味道来了。"

爸爸停了停，仿佛咂咂嘴，把方才的美味，再体味一次，然后说："不过跟你说这些都没用了。"

放下电话，他呆了好久。公仔面芝麻汤丸，那种新鲜的搭配简直有创造性，真亏老爸想得出来！

或许是夜半的缘故，他肚子也饿了，想起老爸在家里独享家常美味，小小的客厅，窗台上有一盆云竹，一个日本人盛汤面的精瓷大海碗，一双黑漆描金纹尖头木筷子，他突然想：也许明天先试试这公仔面再说。

吃出新味道来的父爱

赏析/安 勇

我要学习一下那位父亲，暂时忘记这篇小说，先说说什么是"公仔面"。"公仔面"始创于一九六八年，是中国香港的第一家方便面品牌。如今，"公仔面"一词已经成为所有方便面的代名词。一个会考成绩糟糕、女朋友弃之而去、准备一死了之的年轻人，在夜里打回电话，想不到他的父亲不去安慰和劝解，先是旁敲侧击，让儿子选择好寻死的地点，继而又大谈方便面的新吃法，这是不是有些冷漠呢？答案当然是否定的，如果我们仔细品品，就会在那碗"公仔面"里尝出生活的哲理和生命的味道。引用父亲的一句话就是："有时候，平平常常的东西，变个样子来吃，就吃出新味道来了。"我猜想，这句话后面，父亲还有一句话没有说出来，就是："吃面如此，生活也一样。"读到这里我们恍然大悟，原来父亲是顾左右而言他，把表达的意思像调料包一样，加进了方便面里，对儿子进行劝解和宽慰呀！毫无疑问，父亲对儿子的爱当然也像刚刚煮好的面一样，冒着浓浓的热气。

读过这篇小说后我有些莫明的酸楚，因为我看到，在儿子成长的同时，父亲却在一点点地衰老下去。

幼　　犊

●文/[美]克莱奥尔

　　他记得很小的时候，爸爸常常俯下高大的身子，把他拎起来，举向空中。他挥着两只小手乱抓，快活得咯咯直笑，妈妈瞧着父子俩，也乐得合不拢嘴。他在爸爸的头顶上，可以低头看妈妈扬起来的脸，还有爸爸的白牙齿和蓬乱、厚密的棕色头发。

　　接着，他就会高兴地尖叫，要爸爸把他放下来。其实，在爸爸强壮有力的手臂里，他感到安全极了。这个世界上，最棒、最了不起的人就是爸爸。

　　有一次，妈妈嫌钢琴放的不是地方，指挥爸爸把它抬到房间另一头。他们的手挨在一起，扶住乌亮的琴架。他看到妈妈的手雪白、纤细、小巧，爸爸的手宽大、厚实、有力。多么大的区别呀！

　　他长大了，会"抓狗熊"了。每到晚饭时分，他就埋伏在厨房门后，一听到爸爸关车库门的声音，便屏住呼吸，紧紧地贴在门背后。于是，爸爸来了，站在门口，两条长腿一碰，笑哈哈地问："小家伙呢？"

　　这时，他就会瞥一眼正做怪相的妈妈，从后门弹出来，抱住爸爸的双膝。爸爸赶紧弯下腰来看，一边大叫："嘿，这是什么——一只小狗熊？一只小老虎！"

　　后来他上学了。他在操场上学会了忍住眼泪，还学会了摔倒抢他同学的足球。回到家里，他就在爸爸身上演习白天所学的摔跤功夫。可是，任凭他喘着粗气，使劲拖拉，爸爸坐在安乐椅里看报，纹丝不动，只是偶尔瞟他几眼，故作吃惊地柔声问："孩子，干啥呀？"

　　他又长了——长高了，瘦瘦的身材倒十分结实，他像头刚刚长出角的小公牛，跃跃欲试，想与同伴们争斗，试试自己的锋芒。他鼓起手臂上的肱二头肌，用妈妈的软尺量一量臂围，得意地伸到爸爸面前："摸摸看，结实不？"爸爸用大拇指按按他隆起的肌肉，稍一使力，他就抽回手臂，大叫："哎哟！"

　　有时，他和爸爸在地板上摔跤。妈妈一边把椅子往后拖，一边叮嘱："查尔斯，当心呀。不要把他弄伤了！"

一会儿功夫，爸爸就会把他摔倒，自己坐在椅子里，朝他伸出长长的两条腿。他爬到爸爸身上，拼命擂着两只小拳头，怪爸爸太拿他不当一回事了。

"哼，爸爸，总有一天……"他这样说。

进了中学，踢球、跑步，他样样都练。他的变化之快，连他自己也感到吃惊。他现在可以俯视妈妈了。

他还是经常和爸爸摔跤。但每次都使妈妈担惊受怕，她围着父子俩团团转，干着急，不明白这样争斗有什么必要。不过回回摔跤都是他输——四脚朝天躺在地板上，直喘粗气。爸爸低头瞧着他，咧嘴直笑。"投降吗？""投降。"他点点头，爬起来。

"我真希望你们不要再斗了。"妈妈不安地说，"何必呢？会把自己弄伤的。"

此后，他有一年多没和爸爸摔跤。一天晚上，他突然想起这事，便仔细地瞧了瞧爸爸。真奇怪，爸爸竟不像以前那样高大，那样双肩宽阔，他现在甚至可以平视爸爸的眼睛。

"爸，你体重多少？"

爸爸慈爱地看着他，说："跟以前一样，一百九十来磅吧。孩子，你问这干吗？"

他咧咧嘴，说："随便问问。"

过了一会儿，他又走到爸爸跟前。爸爸正在看报。他一把夺过报纸。爸爸诧异地抬起头，不解地看着他。碰到儿子挑战的目光，爸爸眯缝起眼睛，柔声问："想试试吗？""是的，爸爸，来吧。"

爸爸脱下外套，解着衬衫扣子，说："是你自找的啊。"

妈妈从厨房里出来，惊叫着："天哪！查尔斯，比尔，别——会弄伤自己的！"但父子俩全不理会。他们光着膀子，摆好架势，眼睛牢牢盯着对方，伺机动手。他们转了几个圈，同时抓住对方的膀子，然后用力推拉着，扭着，转着，默默地寻找对方的破绽，以便摔倒对方。室内只有他们的脚在地毯上的摩擦声和他们的喘息声。偶尔不时咧开嘴，显出一副痛苦的样子，妈妈站在一边，双手捂着脸颊，哆嗦着嘴唇，一声也不敢出。

比尔终于把爸爸压在身下。"投降！"他命令道。

"没那事！"爸爸说着，猛一使劲推开比尔，争斗又开始了。

但是，爸爸最终还是筋疲力尽了。他躺在地板上，眼里闪着狼狈的光。儿子那双冷酷的手，牢牢地钳住了他，他绝望地挣扎了几下，停止了反抗，胸脯一起一伏，喘着粗气。

比尔问："投降？"

爸爸皱皱眉，摇了摇头。

比尔的膝头仍压在爸爸身上。"投降！"他说着，又加了点劲。

突然爸爸大笑起来。比尔感到妈妈的手指头疯狂地拉扯着他的肩膀。"让爸爸起来，快！"

比尔俯视着爸爸，问："投降吗？"

爸爸止住了笑，湿润着眼，说："好吧，我输了。"

比尔站起身，朝爸爸伸出一只手。但妈妈已抢先双手搂住爸爸的膀子，把他扶了起来，爸爸咧咧嘴，对比尔一笑。比尔想笑，可又止住了，问："爸，没弄伤吧？"

"没事，孩子。下次——"

"是的，也许，下次——"

妈妈这次什么也没说。她知道不会再有下一次了。

比尔看着妈妈，又看看爸爸，突然转身就跑。他穿过房门——以前常骑在爸爸肩头钻进钻出的房门；他奔向厨房门——他曾埋伏在那后面，等待着回家的爸爸，扑上去抓住他的长腿。

外面黑黑的。他站在台阶上，仰头望着夜空。满天星斗，他看不见，因为泪水充满了眼眶，流下了脸颊。

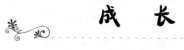

成　长

赏析／安　勇

　　几个小场景，几次父子间的摔跤竞技，连起来的就是比尔从小男孩儿到大男人的成长过程。就像他穿过房门，走过厨房门时，想起的一幕幕往事一样。成长，在不知不觉中完成了。读过这篇小说后我有些莫明的酸楚，因为我看到，在儿子成长的同时，父亲却在一点点地衰老下去。父亲湿润的眼睛，和比尔被泪水充满的眼睛，都会看到两幅对比鲜明的画面，其一是父亲的老去和衰弱，其二是儿子的成长和强大。但这就是人类世界乃至整个自然界的法则，就是在这种成长和衰老的交替进行中，人类完成了生命的延续。父子眼中的泪水里，也一定有一份欣慰和一份祝福。

在父亲与会计的喋喋不休里，在那碗推给儿子的红烧肉里，在从火车窗口中送出的十元钱里，在信中夹着的那半张钞票里，我都读到了父亲对儿子朴实真挚的爱。

天下父亲

●文/傅昌尧

达娃在城里上大学，达娃大名叫李达，家在遥远的大别山深处。

开学有日子了，李达的学费还没交，学校知道李达的情况，没有狠着催他交款。可李达心气高，总觉得像偷了人的，浑身毛刺刺地难受，上课也不入心，人蔫蔫的。家里穷，李达其实不想念书，可拗不过父亲；父亲狠着哩，从小就逼李达念书，一直逼到现在。李达已经高过父亲一个脑袋，可父亲照样揍他，当然是为了念书。

这天晚上，李达在宿舍无心看书，便早早蒙头睡下了。一会儿，同学将他捅醒，说李达，宿舍门口有人找你，门卫不让进。李达一愣，在这座城里，除了同学还会有人认识自己？莫不是父亲来了？给咱送学费来了。李达哧溜下床，连鞋也顾不得穿就朝门口奔去。

果然是父亲，昏暗的灯光下，灰蒙蒙、矮小的一个山里人，肩上背着一只蛇皮口袋。李达心一紧，泪蛋蛋就从眼皮底下往外拱。李达上前接过口袋，说，爹你多会儿来的？咋不说一声？我好去接你啊！父亲抹了一把脸上的泥汗说，我不缺胳膊不少腿的要你接啥？耽误你念书哩。再一看李达身上披着衣服，光着脚，就黑了脸说，你这么早就躺下了？我就知道你离了我不会正经念书。李达赶紧说，我……这是躺在床上看书，不是睡大觉。胡扯！父亲说，我从小就对你说，床是懒地儿、盐坑坑，撒啥好种子，都只长野花野草。李达不敢顶嘴。

李达给父亲泡了一碗方便面。李达不是不想领着父亲去外面吃夜宵儿，像那些城里学生一样。可李达不敢，他怕说出口就遭父亲骂，父亲的口头禅是：你别一进城就变"修"了。可睡觉得给父亲安排好，因为父亲这一路少说有三天没歇脚地奔波，李达每次回家也是那样。学校的招待所在地下室，很便宜，李达说，爹，我送你去招待所睡觉。父亲眉毛一竖，说，你真变修了，发财啦？你这不是铺吗？我先睡，你念书。夜里我起，你睡。李达不敢吱声。

学费是父亲和李达一块去财务室交的，父亲不停地对涂着口红的会计小姐点头赔不是：大姐，对不住！晚了，地里头庄稼正长草哩，马虎不得，耽搁了……没误事吧？我这娃嘴木，不识礼，有不周到的地方，你可劲骂，可劲打。年轻的会计不知所云，李达一旁又不敢笑。

第二天正好是礼拜天，李达想留父亲在城里玩两天，说爹我领你去看过去皇帝住过的地方。父亲这回没说他变修了，笑得满脸皱褶开花，说，达娃，我知道你是想孝顺爹，你爹我还真想去看看皇帝老儿快活的地儿……可现在还不是时候，等你出头了，在城里扎了根、落了窝了，我和你娘来享享福也不晚。你要过意不去，就上你们食堂给我买一碗红烧肉来，我晚上喝二两，然后可劲睡一宿，明天你送我上火车。

吃饭时，父亲却不动那香喷喷的红烧肉，李达说，爹你不是爱吃吗？怎么不吃？父亲突然抹起泪来，哽咽道：达娃，我听你同学说，你很苦，一边念书还一边干活挣钱，你小时候就馋肉，今天可劲吃，爹要看你吃下去……李达和父亲谁都吃不下。

第二天送父亲上火车时，人特多，父亲刚挤上去，列车就启动了。李达没有像城里人那样向父亲挥手，而是在站台上和列车一同往前走着，两眼盯着父亲，一眨不眨地盯着父亲。突然，父亲趴在窗户上向李达招手，李达以为父亲有话要说，就迎上去。却见父亲手上攥着一张十元的票子，说，达娃，我算错了，这路上只要四十七块钱就够了，多出十块来，你拿着！李达浑身一颤，说爹你带着，路上买点好吃的。父亲却吼道：我算过了，多出十块，你拿不拿？！李达见父亲要扔下来，忙说，风大，别扔下来，你留着用。父亲脸紫了，狠命地挥着手。李达紧跑几步将父亲的手往回推，可父亲的手像山里的柞树一样坚硬，往李达手心塞那张票子。这时，一个车站警察一把将李达揪住，危险！火车走远了。李达低头发现手里攥着被撕坏的半张十元票子，李达两眼模糊地看着远方。

几天后，李达准备将那半张票子寄回家里，因为另外半张也许在父亲手里。可信刚要寄出去，李达就收到父亲的来信和半截票子，拆开一看，上面就一行字：

我达娃，用饭糊糊粘一下，能用……

不可言语的父爱

赏析／安　勇

　　读完这篇小说，我眼前浮现出了这样一幅画面：一位双手结着老茧，额上刻满皱纹，身材矮小的乡下男人，正默默注视着在灯下读书的年轻人。男人写着岁月沧桑、灰蒙蒙的脸上洋溢着欣慰满足的微笑。男人的生活非常贫困，但却尽心尽力地供年轻人读书。因为他是这个年轻人的父亲，他盼望着他能有出息，能够成才。在父亲与会计的喋喋不休里，在那碗推给儿子的红烧肉里，在从火车窗口中送出的十元钱里，在信中夹着的那半张钞票里，我都读到了父亲对儿子朴实真挚的爱。虽然生活比不上城里的同学富裕，但有了这份父爱，我想李达就是世界上最幸福的那个人。

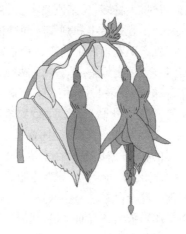

但别忘了这位老人是一位父亲,他带来的不仅是三袋大米,还有因为儿子而自豪的荣耀,和一颗颗饱满的思念。

三 袋 米

●文/代克仁

　　爸从乡下来,坐了一天的车,送来一袋米。爸说,这是今年的新米,带给你们尝尝。妻笑着说,谢谢爸。晚饭是用新米煮的,真香。妻对爸说,这米比我们买的米好吃。爸开心地笑了,咱自个种的,还能孬?晚上,妻对我说,爸也真是的,大老远的来送一袋米。我说,这是爸的一番心意。妻幸福地呢喃,爸真好!

　　一个月后,爸又坐了一天的车,送来一袋米。爸说,我在电视里看了,城里竟然有人卖毒大米,还是吃家乡米放心。妻说:"爸,我们吃的米是在超市买的,人家信誉保证呢。"爸憨憨地笑。妻把我拉进厨房说:"你跟爸说说,往后别送米来了。来回车费四五十块呢,这么一折腾米都成什么价了,我们才贷款买了房,爸也不想着替我们把钱省下来。"我笑着说:"你以为爸和你一样学过经济管理,懂得成本核算呀。"吃饭时,我对爸说:"爸,您往后别送米来了,吃不完呢,没地方放。"爸不作声,埋头扒饭。妻挤眉弄眼地朝我笑。

　　第二袋子米还没吃完,爸又来了。坐了一天的车,送来一大袋米,比上次那袋多出一半。妻不高兴了,在厨房里一个劲儿埋怨我。爸正在客厅看电视,自个儿乐。我把爸叫到里屋,我说:"爸,跟您商量个事儿,您看往后就别送米来了,行不? 大老远的,花车费不说,人也折腾得累,不值。"爸脸上的笑没了,一脸难色。爸说:"你不晓得,老家隔壁你李婶的儿子每次开车回去接她到城里玩,她总要问我啥时才到城里玩,我说我儿早跟我说了呢,只是我舍不得丢下那块地。秋收了,闲了,再扯由头说不过去了,我寻思着还真得来。可我不能空着手来呀,我的车费不能白花呢!乡下没稀罕东西,米多价贱,带来米免得你们买米吃。儿啊,你的话爸懂呢。爸晓得你们困难呢,爸这次回去可以跟你李婶说城里我都去三遭了,都玩厌了。只是爸没想到会闹得你们不开心。"爸低下头,那种神情像犯了错误不知所措的孩子。我心里发酸,好一阵沉默。爸突然抬头说:"儿呀,其实爸是真想念你们哪!"爸的声音哽咽了。

晚上,我给妻讲老家的邻居李婶,讲老爸的经济学观点,讲老爸的眼泪。妻哭了,妻搂着我轻轻地说,等我们条件好一些后,就把爸接来吧。我也哭了。人生有多少尴尬就有多少美丽,有多少美丽就有多少至真至情。我的老爸啊,你送来的岂止是三袋米哟。

父子纽带

赏析/安 勇

一位乡下老人坐一天的车,接二连三地远道而来,给儿子和媳妇送的仅仅是一袋随处都可以买到的大米。如果用经济学之类的常理去分析,老人的做法真的有些得不偿失,有些不可理喻。但别忘了这位老人是一位父亲,他带来的不仅是三袋大米,还有因为儿子而自豪的荣耀,和一颗颗饱满的思念。而且他有自己的一套经济学:"可我不能空着手来呀,我的车费不能白花呢!乡下没稀罕东西,米多价贱,带来米免得你们买米吃。"这哪里还是普通的米呀,它是一条纽带,把一位父亲和儿子紧紧地连在了一起。

读完全篇，相信你和我一样，在吴老爹被处理品包围的人生中，发现了一件崭新的物品，这就是他对儿女们的爱，这份爱刻骨铭心，闪闪发光。

处 理 品

●文/欧湘林

泥鳅巷的吴老爹早年丧母、中年丧妻，人生的三大不幸他就碰上了"二大"。但街坊上的人都认为，吴老爹虽未碰上"晚年丧子"这最后一个不幸，但亡妻给他留下了未成年的两儿一女，要把这两儿一女抚养成人，也叫他够受的了。

莫看吴老爹是个收破烂的，就是他那个破烂担收来了儿女们的温饱，收来了儿女们从小学到中学到大学的毕业证书。羡慕得满街坊的人都夸吴老爹好福气，也嫉妒得好些人眼红红的。

儿女们成才了，一个个都安了新家，都争着把含辛茹苦的爹爹接到自己身边去享清福。可吴老爹受不了，他消受不了那份清闲，他舍不得他的破烂担，每个儿女那里住上几天后又回到了自己的小屋里，有滋有味地打发着他自由自在的日子。

吴老爹在小屋里一住就是十年，这时的吴老爹已是七十高龄的老翁了，但身子骨还硬朗。

凡是到过吴老爹家里的人，都会惊奇地发现，吴老爹家里几乎找不出一件东西不是"处理"的，不管是锅盆碗盏，还是桌椅床柜，或者衣帽鞋被，甚至连吃的好多也是处理品。

也难怪，吴老爹用很少的钱收来的那些被人家处理了的破烂中，就有能用的，还能用的东西他怎么舍得当废品卖给收购站？就是那些家里已经有了的东西，如果收回的破烂中又有了，他就处理给小家小户，也能赚上几个钱补贴家用。收来的衣服，只要不是太破，他就会洗净补一补自己穿，好一点的请人改了给孩子们穿……他就是这样精打细算才把四口之家维持下来。连买米买小菜也多是买的便宜货,说穿了还是买的处理品。

儿女们走上工作岗位后,吴老爹肩上的担子轻多了,银行里也有了个本本。但偶尔添件把衣服他还是去商店买的处理布,穿的鞋也是"大放血"商店买的。儿女们成家后日子都过得不错,结婚时用的黑白电视换了大彩电,大儿子就把黑白的处理了。不是卖旧货给了别人,而是给老爹搬来了。吴老爹看着电视就像过着神仙日子,他的知识面也宽了,以前人家笑话他满屋子的处理品他没话答,而今如果有人笑话他就有话说了:"处理品又怎么啦?你没看过动物世界?老虎吃剩的野牛老鹰又来啄,老鹰飞走后蚂蚁又来啃。老鹰吃老虎处理下来的不是活得很好吗?蚂蚁啃老鹰处理下来的骨头,不也活得很好吗?这叫什么来着!哦,对了,赵忠祥说,这叫食物链!你懂么?"

嘿!就这么几句话还真叫笑话他的人搔着后脑勺一时无话可说呢!

就在吴老爹度过他七十七岁生日的那一天,他因为高兴多喝了一杯酒,出门时不小心摔了一跤,第八天就不行了。可谁会相信呢?临终时他对儿女们说:"去……打听打听……看哪里有、有没有……处理的骨、骨灰盒……"

"爹——"儿女们大哭起来,他们怎么也没想到和处理品打了一辈子交道的爹爹,最后会把自己也给"处理"掉……

不能被处理的父爱

赏析/安 勇

早年丧母,中年丧妻的吴老爹,多年来又当爹又当妈,靠着捡破烂和使用处理品含辛茹苦地把儿女们养大成人、成家立业,分别过上了美满幸福的生活。小说读到这里就足以让人感动不已了,但就在儿女们都有了稳定的收入,吴老爹在银行里也有了小本本时,他仍然是用处理品维持自己的生活,安心满足地在处理品中打发自己生命余下的时光。最让人震撼的是,甚至在他生命垂危时留下的遗言里,他仍然要求儿女们用处理品收藏自己的骨灰。这么做,与其说是他想把更多的钱留给子女,不如说是他的节俭已经成了一种无法更改的习惯。就算是把自己当成处理品处理掉,吴老爹仍然无怨无悔。读完全篇,相信你和我一样,在吴老爹被处理品包围的人生中,发现了一件崭新的物品,这就是他对儿女们的爱,这份爱刻骨铭心,闪闪发光。

《血债》这个题目还有更深的一层含义,这就是父亲与儿子用血缘连起的亲情,让父亲不惜用血的代价去满足儿子的所需所求,就像偿还一笔债务一样。

血　债

● 文/曹德权

西迈的爹是下午赶到学院的,这地方憨大,高墙内到处都有高楼,院内行道纵横交错,绿树成行。西迈爹一下就傻了眼,打听了许多人,都说不出他儿子在哪座楼,问他儿子是哪个系哪个班的,他也说不出,瞎转悠了好半天,最后想起身上带着儿子的信壳儿,就赶忙找出来问人,费了九牛二虎之力,才找到了西迈上课的地点。

西迈想不到爹会赶到学校,望着满头大汗的爹就埋怨说您要来就该先写封信来嘛,我也好去接您呀。

西迈爹说傻儿子这就不懂了,你去接我还不耽误上课读书吗?

西迈望着一脸认真的爹就笑了,将爹引到自己的寝室安顿下来。西迈同寝室的同学们听说西迈爹来了,很高兴,就合伙凑钱,在馆子里为西迈爹接风。

买单时,一个领头的同学掏钱,西迈爹就说这哪成呢? 咋会让你们摸荷包呢? 你们都是读书的学生,这钱,大叔我出!

同学们就说这不成,我们这里有规矩的,不管哪个同学的亲人来了,同寝室的同学都要为他接风的。

西迈也说爹您就算了吧,您等会儿再出钱吧,饭钱他们出,等会儿我们去卡拉OK厅唱歌,您就开这个钱好了。

西迈爹听大家这么一说,也就不再说什么了。就随同学们去了一家卡拉OK厅。

西迈爹是第一次进卡拉OK厅,这里的一切都让他感到陌生,灯光很暗,茶桌儿很小,摆了茶就没什么空处了,生怕碰翻茶杯。还有不敢抽叶子烟,地下铺了红地毯,怕烟灰抖到地上给人家整脏了。室内有机子吹冷风,外边热得让人流汗,里边凉飕飕的,硬是很科学。更科学的是那么几台机子,格老子不知怎么操作,像电影有人娃儿和山山水水什么的,音乐一响,同学们对着话筒摇头扭腰一吼,憨好听地就把歌儿吼出来了!

　　西迈爹觉得吼得最好听的就数儿子,唱的什么弯弯的月亮,嗓门儿挺清亮的,还吼了什么像香港人唱的歌,听不清爽那词儿,但声音憨好听的。

　　西迈爹觉着儿子是出息了,考进大学脱了农家脑壳,连歌也唱得这么好,真是祖上积了德哟!西迈爹就由着儿子和同学们直吼得个脸红筋涨四季花儿红。

　　就这么着 OK 厅里耍了两三个钟头,见同学们都说吼够了,西迈爹就摸出两张十元钞票,对着冲茶的姑娘就喊:"喂!收茶钱!"

　　那姑娘就应声往台子里一晃,一会儿就来告诉他:"先生,你们这单三百四十六元。"

　　西迈爹立时脑壳就木了:"你说啥子来?三百多块?有这么贵的茶吗?!"

　　西迈脸一红一下拉住爹:"爹,您别出洋相了,除了茶还要出歌钱的。"西迈爹一愣:"什么歌钱?你们出了这么大的力气给他们唱,还倒过来开钱?!日球怪了!那些唱戏的,不都唱了收看戏的钱么?!"

　　西迈和同学们就给西迈爹反复解释,最后西迈爹好像弄了个大半灵醒,把荷包里的钱全部摸出来,一点,还差十五块。西迈连忙摸出自个身上带的钱凑上交了。

　　西迈爹不知是怎么走回儿子寝室的,这一夜,他一直大睁着眼没能睡着。

　　第四天上,西迈爹离开学院走了。走时没告诉儿子。西迈下课回到寝室,发现爹的行李没有了,他叹了口气,愣在那里。他发了一会儿呆,一下躺在床上,觉着枕头下不对劲儿,忙挪开枕头,发现下面放着厚厚一叠钞票,钞票里还夹着一张单子。

　　一张中华人民共和国公民献血单!

血　爱

赏析／安　勇

　　记得在我读书时,有关那些考入大学的学生,学校里曾经流传过这样一段描述:一年土,二年洋,三年不认识爹和娘。这篇小说里的西迈虽然没有达到不认识爹娘的程度,但他的身上也已经沾染了许多"洋气"。和同学们一起下饭店、唱卡拉OK,基本上已经把乡下父母辛辛苦苦供他读书的事情忘在脑后了。他没有想到,他和同学们潇洒时花掉的钱,竟然是父亲卖血所得。读到这里让我震惊不已,我看见那张献血单像一只手,抬起来,响亮地打了西迈和他的同学们一记耳光。

　　《血债》这个题目还有更深的一层含义,这就是父亲与儿子用血缘连起的亲情,让父亲不惜用血的代价去满足儿子的所需所求,就像偿还一笔债务一样。是血债,当然也是血爱。

宋小华优异的成绩应该就是颁发给父亲的一个奖杯吧，让父亲在辛苦中得到最大的慰藉。

替　身

● 文/赵文辉

秋日的一个下午，南村镇高一(二)班全体同学怀着好奇的心情前往"影视村"——郭亮村看拍电影。带队的是班长宋小华，他穿着妈纳的千层底布鞋走在前面，衬衣下摆很整齐地扎进裤子里，只是裤子前边缝了一个圆圆补丁。同学们都知道他的家在山那边，是一个穷得兔子不拉屎的地方，父母却要供他兄妹三人上学。虽然贫穷，宋小华却有志气，学习成绩好，又乐于助人，同学们都很喜欢和他在一起。

宋小华领着同学们说笑之间到了郭亮村。这里山清水秀，翠竹盎然，风景煞是可人。前几年著名导演谢晋在这儿拍了一部《清凉寺的钟声》，小村一下子出了名。当地政府适时开发，郭亮村成了远近闻名的旅游点，也富了一乡村民，瞧：开饭店的、卖山货的、照留念相的……宋小华心里羡慕极了，家乡要是这样，爹还用生着病跑几十里山路做小本儿生意？家门口摆个摊儿就中了。

今天拍的是一部抗日片。大家赶到时，正在拍鬼子进村的一场戏，雇用了不少当地群众演老百姓，大家拥挤着、说笑着。一个贴着仁丹胡子的"日本军官"猛地抽出战刀哇啦哇啦大叫起来，一队"日本兵"端着明晃晃的刺刀围住了"老百姓"，机枪架起来，烽火也燃起来，场子一下子静了下来。导演一声"开拍"，大家的目光都集中到那个被反绑双手吊起来审问的"老百姓"身上，"老百姓"的替身是一个五十来岁的农民，衣裳被弄得脏不拉叽，脸上涂了几条血道道。"日本军官"上前"啪"一巴掌扇过去，嘴里喊："你的，说，八路的哪里去了？"日本军官没说完就憋不住笑了，但是那一巴掌却实实在在落在了替身脸上。再演，又笑了，导演骂了他几句。重来，"日本军官"黑着脸又狠狠一巴掌打过去，继而又一刀柄砸下来，那个替身疼得不由"咝咝"直吸冷气。导演大叫一声，"成功了。"看完这一幕，同学们紧张得不得了。旁边一个热心的当地人告诉他们：替身是个卖炒花生的外地人，被吊一回挣五十块劳务费。宋小华听了，眼里竟蒙了一层东西。

戏继续往下演。宋小华碰了碰身旁的学习委员,说还有几道代数题要做,就先回了。

晚上同学们在宿舍又兴致勃勃谈起白天拍电影的事。一个同学说:"今天算开了眼界,原来下雨是用消防车喷水……"另一个说:"还有更高级的,听说大楼倒塌、飞机爆炸都是用电脑制成的……"宋小华接上话问:"替身能不能用电脑制作?"那个同学摇摇头,说不知道。

话题自然又扯到那个替身身上。大家告诉宋小华,说那个替身被"松绑"后手臂半天才能动弹,导演给了他两筒饮料,他舍不得喝,问折成钱中不中?导演让他喝了还加了十块钱给他。宋小华听不下去了,他从床底下抱起篮球,说去练练"三步上篮"。

来到操场,宋小华面朝家的方向站定,轻轻喊出了声:"爹,您受罪了!儿一定好好用功,考上大学,儿知道您盼俺有成色呢。爹,求求您别再挣这受罪钱了,俺知道您是为儿……"

宋小华的话句句发自心底,却被眼泪淹没了。

最伟大的演员

赏析/安 勇

　　虽然宋小华的父亲只是个做替身的群众演员,但我觉得他是世界上最伟大的一位演员。面对家境的贫困,他肯定绞尽脑汁想了很多办法。奔波几十里路去做小生意;做群众演员不惜挨打而换取微薄的报酬;甚至连两听易拉罐都不肯喝,也要折成钱……但就是这样一位父亲,却像他在那部电影里一样,替儿女们挡住了贫困的生活,奇迹般地供宋小华兄妹三人上学,而且期待着儿女们能摆脱贫困,找到自己最佳的角色。是的,他演技极高,出色地扮演了父亲的角色。宋小华优异的成绩应该就是颁发给父亲的一个奖杯吧,让父亲在辛苦中得到最大的慰藉。

> 看似平常的一次测量,实际上却在父亲的心中进行得无比艰难,既有期待又有担心,充满了父亲对儿子的爱和呵护。

一点七三米的父爱

● 文/游 睿

高考了。夏天,成绩还没下来。热,闷。你坐在堂屋,电风扇吐出来的热风始终舔不干你脸上的汗水。你看了看屋外灼热的阳光,对着里屋喊了句,"爹呢?"娘边跑出来边在围腰上擦着手说:"死老头子,不知道忙什么去了。"爹就在这时进来了。爹的脸上淌着汗水,皱纹立马堆出一堆笑容。"说什么呢,来,儿子过来。"爹招着手,叫。你不知所措地走过去。爹用手拍拍你的肩膀,"站好,站直。"这时你才发现,爹的手上原来早就多出了一把卷尺。"来,爹给你量量。""无聊。"你奇怪地看着爹,丢了一句话就折身进了屋。你心情不好,尽管那时你看见爹的手抖了抖。爹说:"不量就不量,啊。"爹的脸上依旧是笑容。整个中午你都没睡好,你心里乱。当你开门出来的时候,看见爹正站在门口,爹的脚下踩着个小板凳,望着你笑。爹说:"儿子,我给你说个悄悄话。"你疑惑地把耳朵靠近爹,听见爹正一字一句地说:"你的成绩下来了,考了六百多分,能上大学。"你愣住了,接着跳了起来,"真的吗?真的吗?""是真的,我亲自去看的!"爹说。"太好了。"你高兴地冲出了家门。但隐约中你感觉爹并没你理想的那么高兴。傍晚的时候你才回来。回来以后你才看到爹无比的高兴,那高兴劲儿是从来就没有过的。你奇怪,难道有什么事比我的高考成绩还值得高兴?爹一把搂着你说:"太好了,孩子,你的身高有一点七三米呀。"你笑了,对呀,一点七三米正是自己的身高。"可是你怎么知道的呀?"你问爹。"测量的呀。"爹说。"测量?什么时候?""中午你起床的时候,我站在小板凳上和你说话。刚好那时我和你一样高。你走之后,我用我的身高加上小板凳的高度,结果是一点七三米,这就是你的身高呀。"爹接着说:"其实上午我就知道你的成绩出来了。你报考的那个学校,对身高要求很严格,必须要一点七〇米以上的才能录取。你有一点七三米就足够了,所以你是一定能被录取的。我才放心呀。"你不由得震惊,你低头,发现爹比自己矮了好大一截。爹的个子在你面前显得单薄而且渺小。

21

你想像着这个比自己矮了很大一截的男人，是如何用卷尺先量他自己的身高，再量一个小板凳的高度的样子，你就再也忍不住紧紧地抱住爹的身体。你说："爹，一点七三米的高度是你给我的呀，"你又说，"爹，对不起。"在爹拍着你的肩膀的时候，你流泪了。

雕　像

赏析／安　勇

　　儿子正在为高考的分数忧心忡忡心绪不宁，提前知道分数的父亲却在为儿子所报学校对身高的要求提心吊胆。父亲试图测量儿子的身高，却遭到了心情烦躁、不明就里的儿子的拒绝。父亲怕儿子在希望后迎来更大的失望，所以不愿在没有确定答案前揭开谜底。于是，这位聪明的父亲像三国时的曹冲称象一样，想出了一个站在板凳上间接测量儿子身高的办法。看似平常的一次测量，实际上却在父亲的心中进行得无比艰难，既有期待又有担心，充满了父亲对儿子的爱和呵护。等到父亲得出了一点七三米的数据后，他终于心满意足地把分数告诉了儿子，此时，儿子才知道父亲的良苦用心。儿子紧紧抱住父亲的景象，也像一座雕塑，挺立在父子二人爱的世界里。

这些供人欣赏参观的冰灯,都比不上这篇小说里父亲给"我"制作的那只冰灯美丽,因为父亲是用他自己的体温和爱完成了冰灯的制作,那冰灯里有父爱的温暖,放射出的是父爱的光芒。

温暖我一生的冰灯

●文/马 德

总有一些东西,是岁月所消融不了的。

八岁的那一年春节,我执意要父亲给我做一个灯笼。因为在乡下的老家,孩子们有提着灯笼走街串巷过年的习俗,在我们看来,那就是一种过年的乐趣和享受。

父亲说,行。

我说,我不要纸糊的。父亲就纳闷:不要纸糊的,要啥样的? 我说要透亮。其实,我是想要玻璃罩的那种。腊月二十那天,我去东山坡上的大军家,大军就拿出他的灯笼给我看,他的灯笼真漂亮:木质的底座上是玻璃拼制成的菱形灯罩,上边还隐约勾画了些细碎的小花。大军的父亲在供销社站柜台,年前进货时,就给大军从很远的县城买回了这盏漂亮的灯笼。

我知道,父亲是农民,没有钱去买这么高级的灯笼。但我还是想,父亲能给我做一个,只要能透出亮就行。

父亲说,行。

大约是年三十的早上,我醒得很早,正当我又将迷迷糊糊地睡去时,我突然被屋子里一阵窸窸窣窣的声音吸引了,我努力地睁开眼睛,只见父亲在离炕沿不远的地方,一只手托着块东西,另一只手正在里边打磨着。我又努力地睁了睁眼,等我适应了凌晨有些暗的光后,才发现父亲手里托着的是块冰,另一只手正打磨着这块冰,姿势很像是在洗碗。每打磨一阵,他就停下来,在衣襟上擦干手上的水,把双手放在自己的脖子上暖和一会儿。

我问:"爹,您干啥呢?"

父亲说:"醒了! 天还早呢,再睡一会儿吧。"

我又问:"爹,您干啥呢?"

父亲就把脸扭了过来,有点儿尴尬地说:"爹四处找废玻璃,哪有合适的呢,后来爹就寻思着,给你做个冰灯吧。这不,冰冻了一个晚上,冻得正好哩。"父亲笑了笑,说完,就又拿起了那块冰,洗碗似的打磨起来。

父亲正在用他的体温融化那块冰呢。

看着父亲又一次手放在脖子上取暖的时候,我说:"爹,来这儿暖和暖和吧。"随即,我撩起了自己的被子。

父亲一看我这样,就疾步过来,把我撩起的被子一把按下,又在我前胸后背把被子使劲儿掖了掖,并连连说:"我不冷,我不冷,小心冻着你……"

末了,父亲又说:"天还早呢,再睡一会儿吧。"

我胡乱地应了一声,把头往被子里一扎,一合眼,两颗豌豆大的泪珠就涸进棉絮里。你知道吗,刚才父亲给我掖被子的时候,他的手真凉啊!

那一个春节,我提着父亲给我做的冰灯,和大军他们玩得很痛快。伙伴们都喜欢父亲做的冰灯。后来,没几天,它就化了,化成了一片水。

但那灯,却一直亮在我心里。温暖我一生。

父爱的光芒

赏析／安 勇

在东北三省的冬季里,好多地方都有做冰灯的习惯,有些地方还有冰雪节,专门展出冰灯。冰灯造型千姿百态,做工也无比精巧,在冰天雪地的夜晚放射着耀眼的光芒,称得上是一件件精心制作的艺术品。但从某种意义上说,这些供人欣赏参观的冰灯,都比不上这篇小说里父亲给"我"制作的那只冰灯美丽,因为父亲是用他自己的体温和爱完成了冰灯的制作,那冰灯里有父爱的温暖,放射出的是父爱的光芒。也只有这样的一盏灯,才能永远不熄,照亮"我"一生的路途。

从孩子尚在母亲腹中时开始，那位父亲就在几分期待、几分担心、几许欣喜、几许惶恐中整装启程，走上了一条无悔的道路。

一则关于父亲的传说

● 文/叶倾城

那真的只是传说吗？说是每个初长成的男人都会在某个辗转难眠的夜与神相遇。

神问："你真的要做这桩选择吗？"

在起初，你只是一粒种子，吸取母亲的精华成长，而你爱的女人注定在美丽如蝶的新生命破茧而出的刹那独自承担所有撕裂的痛楚———切仿佛与你无关。

所以那时你年轻的喜悦与惶惑，你翻十几本字典选名字的固执，你在产房外的焦灼徘徊，都很少有人在意。

却要在人生行路的尽头，蓦然回首，才知道你肩头的责任。你要辛勤工作，照顾家人的生活，维护一个幸福的家，让你的妻儿可以自在地享受天伦之乐；而你所一手缔造的快乐，自己却只观望而不能进入，因为你是父亲，你的严厉会破坏掉整个气氛。

你要深爱你的儿女，设想你们的将来，尽你的一切来帮他们实现梦想，仿佛那胸中怀着参天大树的园丁对他的小树；但是没有一棵树会心甘情愿被修剪，总是在修剪过后，树数着自己枝头新鲜的刀痕，怨恨那讨厌的园丁。而沉默的你呀，又能向谁诉说心头的痛？

你要一刻不停地拼搏，马拉松运动员算得什么，不过区区几十公里，你却是迢迢遥遥的一生。一路披荆斩棘而来，双足沥满鲜血。长江大壑你要舍身为舟，渡儿女平安而过，辟出小小的一片晴空。而即使你已倾尽所有，又真的能为儿女修成一条金光大道？你注定是渺小的普通人。

最后，你会失去他们。有时你是那个挽着女儿走上结婚殿堂将她交给世界的人；有时你是在儿子成家后孤单地在电视机前等着他们偶然电话的人；有时，仅仅是一个转身，你会突然发现你心爱的小宝贝比你还要高一个头，正不耐烦地，要飞

温暖我一生的烛火

感动系列

25

向万里云天。整个世界都已抽身而去,你已老去,像石磨里的豆子一样,被岁月榨得粉碎,只剩下一些残渣,而将全部的爱化成甘洌的豆浆。

你真的还要做这桩选择吗?

那些被问到的人啊,有些人会毫不犹豫,有些人会想了又想,还有些人在长长的沉默后,眼中带了泪。可是最后,他们都肯定地点了点头。

于是,这世界上又多了一个父亲。

爱的旅程

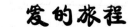

赏析/安 勇

这则关于父亲的传说,实际上正是为人父者需要为子女所做的一切。从孩子尚在母亲腹中时开始,那位父亲就在几分期待、几分担心、几许欣喜、几许惶恐中整装启程,走上了一条无悔的道路。这条道路的名字就叫父亲。路边的每一种景色,路上的每一粒泥土里,都刻着父爱两个字。孩子慢慢地长大了,父亲在路上跋涉的步履也越来越沉重了。终于有一天,当孩子也成了父亲或母亲时,父亲给孩子留下最后一抹微笑,完成了父亲的使命,悄悄倒在了这条路的尽头。这哪里仅只是一个传说呀,而是一位父亲真实的人生旅程啊。踏上它,就等于踏上了一条只有付出不求回报的道路。

看到儿女们过得舒服快乐，哪怕再苦再累，他们也会感觉到最大的满足了。

坐　车

● 文/张　萍

父亲好不容易进一次城，我陪他看过高楼大厦后，又打的去一处风景区玩。下车时，父亲看见我给了司机二十块钱，就说："坐一阵车怎么要这么多钱？"我说："不多，这已经是最便宜的了。"父亲嘟哝着："还不多？二十块钱要卖四十个鸡蛋了。"

下车后，我就去买票，父亲问："又要多少钱？"那票是一百块钱一张的，我怕父亲心疼，就说："每人五十元。"父亲还是惊叫起来："两担稻谷又飞了！"我说："票都买好了，进去吧。"

从风景区出来后，父亲无论如何也不肯坐车了，他要我和他走路回家。从风景区回家至少有十公里，走路回家不但会累死，而且会被人嘲笑，我还是叫了一辆的士。父亲见我不听他的话，就生气地走了。我问司机要多少钱，司机说最少要二十五元。我先付钱给司机说："等一会见到我父亲，你就说只要两块五毛钱。"司机问我为什么要骗父亲，我说："我父亲刚从乡下来，他心疼钱，已经很生气了，死活不肯坐车。"司机愣了一下才说："好吧。"

我坐上车子，一会儿就赶上了父亲，司机把车停在父亲身边。我叫父亲上车，父亲却要我下车。司机说："大叔，您快上来吧。我是顺路捎你们回去，只收两块五毛钱。"父亲这才上了车，还一个劲地谢司机。

司机一路都在跟父亲说话，把我们送到家门口时，他还亲自给父亲打开车门。等父亲下了车，进了家后，司机又把我叫回到车边，将那二十五元钱还给我说："这钱，你拿去买一瓶酒给大叔喝吧。"我惊讶地问："你为什么不要钱？"司机说："因为你的父亲太像我的父亲。我父亲进城后，也心疼钱，不肯坐车。"我问："你父亲还好吧？"司机说："他走路回家时，被车撞死了。"

司机眼里涌满了泪水，他默默地开车走了。那二十五元钱，我至今还保存着。

无法计量的父爱

赏析／安　勇

相信在很多人眼里，二十几元或是五十元，都不是太大的数目，是微不足道的一笔小钱。即使不用它坐出租车、买门票，也不可能派上什么大用场。但在一位一生节俭的乡下父亲眼里，二十块钱就是卖出四十个鸡蛋的收入，五十块钱就是两担稻谷的价值。所以他宁愿走路回家，也要省下那笔车费。很显然，节俭已经成了这位父亲的生活习惯，就流淌在他的血液里。像那位司机的父亲，甚至为了节省下那份车钱，走路回家时在路上遭遇了不幸。他们省下的钱做什么呢？很可能正是留给自己的儿女。看到儿女们过得舒服快乐，哪怕再苦再累，他们也会感觉到最大的满足了。

在女儿离家在外的那些日子里，父亲当然也替她担心，但他首先想到的是不要影响女儿日后的学习和生活，尽力维护着女儿在大家心目中的形象。

女儿出走

●文/林　君

一个女孩负气离家出走，母亲看见她留下的纸条，第一个念头就是去派出所报案。但这时电话响了，是孩子父亲打的。

父亲听了这件事，沉默半晌，说："不要闹得满城风雨，那孩子自尊心极强，等等吧。"

女孩业余爱好是上网，父亲虽然不知道她常去的网吧，但有她的一个电子邮箱，于是给她写了封信："我知道你生气藏起来了，我估计也找不到你，就让你安静地回味一下过去的快乐和苦恼。"

一天过去了，女孩没有回音。母亲很着急，所有的亲戚朋友家都问过了，没见到女儿。她又想给女儿同学打电话询问，被父亲拦住："不要让他们知道，孩子以后得上学，那时她面对老师和同学会成为'另类'。明天一早，你去学校撒个谎，帮孩子请一周病假。"

当晚，父亲又给女儿发了一封电子邮件："呵呵，我猜到了，你正在上网，对吗？注意啦，墙那边的屋子里正坐着老爸——我！不信，你去看看。"

夜里十一点，女儿终于有了音讯，一封给父亲的伊妹儿："我们相隔万水千山，好自由的感觉，我要独自闯荡世界，像三毛那样浪漫地流浪四方！"母亲一看，眼泪当场冒出来。父亲却笑着说："这是曙光啊，说明孩子想我们了，否则，又何必说这些？"父亲当即复信："坚决支持你的伟大行动！我为有这么一个充满激情与幻想的女儿而骄傲！老爸年轻时是个诗人，多想像你今天这样走出去啊，但没有决心，太惭愧了……"

第二天上午，父亲的电子邮箱里静静地躺着一封信："老爸，不要惭愧，现在行动还来得及。但我想先创业，然后接你过来玩。"父亲赶紧回复道："你创业成功时，我也老喽,走不动喽!"

十分钟后,女儿的回音来了:"我初步预计,创业要十年,那时你五十五岁,还没退休呢!"父亲看了,故意不答复,等到午饭后才上网回信:"不行啊,老爸今天淋雨了,全身难受,到五十五岁,身体可能更弱。你买伞了吗?"下午,接到女儿回信:"不要紧,雨淋不着我,我不出门。"父亲阅后,对妻子说:"好了,女儿现在很稳定,我推测她没出城,可能住在旅馆里。让她疯两天,一切自理,过不了多久,就会累得想家。"

晚上,女儿又来了封短信。这次父亲以妈妈的口吻回答她:"孩子,你爸爸淋雨后全身难受,发高烧,住院去了。妈现在没时间跟你联系,得去医院陪护他。再见!"

果然不出所料,女儿在第二天的伊妹儿中关切地问:"爸爸的病好些了吗?"父亲一笑,关上电脑,不予理睬。午饭时分,电话铃响了,父亲示意母亲接,说:"告诉她,爸爸烧糊涂了,老是念叨女儿。说完就挂!"母亲照办。

傍晚,楼梯口传来熟悉的脚步声。父亲赶紧躺床上,母亲按原定计划准备迎接女儿。"笃笃笃",有人敲门。透过猫眼瞅,是女儿。母亲轻轻开了门,对女儿摆摆手:"小声点儿,你爸在睡觉。"女儿一脸疲惫,放下包裹,蹑手蹑脚走进里屋,见爸爸安静地躺着,泪水"哗"地涌出来……事后,父亲说:"孩子一个人在外边吃点儿苦,是迟早的事,阻拦她只会适得其反,何不顺水推舟,让她去锻炼一回呢。"

善解的父亲

赏析/安 勇

人们常说母亲的爱是细腻的,父亲的爱是粗犷的。但在这篇小说里,我们却看到了一位心细如发善解人意的父亲。他在女儿出走后异常冷静,用电子邮件和女儿不断地联系,了解了女儿的处境后,又精心设计了一个善意的骗局,终于让女儿主动回到了家中。在女儿离家在外的那些日子里,父亲当然也替她担心,但他首先想到的是不要影响女儿日后的学习和生活,尽力维护着女儿在大家心目中的形象。当女儿从外面归来时,他也非常理解女儿的行为,"孩子一个人在外边吃点苦,是迟早的事,阻拦她只会适得其反,何不顺水推舟,让她去锻炼一回呢。"

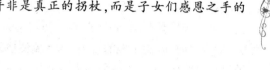

年老的父亲，需要的并非是真正的拐杖，而是子女们感恩之手的搀扶。

父亲的拐杖

● 文/骆 明

　　小时候父亲曾让我猜过一个谜语，"生出来四条腿，长大了两条腿，老了三条腿。"我怎么也猜不出来，父亲哈哈大笑："那是人啊！"这笑声还在耳边回荡，父亲却已拄上了拐杖。

　　我写信给兄弟姐妹，告诉说："年迈的父亲走路需要拐杖了。"不知是我没写清楚还是他们没读懂，每人都邮来一根拐杖。有根雕的、妃子竹的、檀香木的、不锈钢的、带电灯的、报警的，国外的弟弟那根更是尖端产品，带伞带坐凳的，一捆各式各样的拐杖够父亲拄上几个世纪的了。

　　来信的内容就像复印件一样，都是问候老人，让我照顾好父亲的话，还说拐杖不合适再邮。只有大哥在信中说："四弟，我邮寄的只是一份孝心，而不是孝道。父亲一生从来没有向儿女索要过什么，也不要报答。今天他老了，儿女们该尽义务了，可我却在千里之外，心里很内疚，只好拜托了。我知道你会做得很好，但要记住父亲真正需要的不是拐杖，而是亲情……"大哥已是年过花甲，儿孙满堂的人了，读了他的信让我泪流满面。

　　母亲过世早，父亲又当爹又当妈担起双重的责任，省吃俭用，含辛茹苦，把爱心全部倾注到自己的儿女身上。那时我看到父亲弯下背的身影，在内心许下诺言，日后一定要好好报答父亲，让他过幸福的晚年。

　　日子久了，诺言就慢慢淡忘了，只剩下照顾好父亲的起居饮食了，忘记了父亲真正需要的是什么。为了生计东奔西走，稍有空闲便困守案头，又何曾注意过父亲的心情？父亲常走进我的房间，在我身边静静坐上一会儿，之后又回到自己的屋中，从里面传出电话机反反复复的开关声……有段时间我明显地感到父亲精神郁闷，忧伤失落。那一天，我问父亲是不是生病了，他含着泪说："你就是再忙，也该与我说说话……哪怕一个小时……"

31

父亲的话令我恐慌,一个怪怪的念头出现了,将来有一天我会不会也要对女儿说出,"来看看我……只要半小时……"

我捧起父亲那双日渐枯槁、布满青筋的手失声痛哭,那曾经是一双多么有力的手啊!而今,拐杖限制了他的自由,水泥墙使他脆弱孤独。我要履行我的诺言,保持父子间爱的延续,让年迈的父亲得到儿子时时送来的温暖。每天抽出一定的时间与父亲讲讲我外面的趣事,聊聊小时候我是如何淘气……父亲总是耐心聆听我的讲述,讲到动人之处,我们父子都沉醉在过去的美好时光中。

常与父亲交谈,父亲也萌发了活力,时不时对我说些他年轻时的经历、读书看报的心得、养花育草的乐趣……文稿写好了先读给父亲听,有意把校对的事交给他。看到父亲戴着老花镜一字一句专心推敲时的样子,让我感到特别欣慰。

有句谚语:"父亲帮儿子时,两人都笑了;儿子帮父亲时,两人都哭了。"我不去"帮"父亲,尽管他年迈、迟缓,我是想让父亲与儿子的笑声永存。傍晚我搀扶着父亲去河边散步,仰望那静谧的星空,踩着松软的泥土,呼吸着青草的芳香,看着流逝的河水,我把心中的喧嚣沉淀下来,留下一片宁静和真情去陪伴步履蹒跚的父亲。

"我要永远陪伴着您。"

"不要这样讲,我不久就会离去。"

"这个我知道……"我写信给像种子一样散布在各地的兄弟姐妹,告诉他们:"不要再邮寄拐杖了,因为父亲身边有我。"

我们都是父亲的拐杖

赏析／安 勇

很小的时候就听说过乌鸦反哺的事情,说的是小乌鸦长大后,会像从前父母喂养它们一样,反过来供养自己的父母。唐朝诗人孟郊也在他那首著名的《游子吟》里写道:"谁言寸草心,报得三春晖。"我想,正是这种父母对子女的养育之情,和子女对父母恩情的回报世世代代地延续下来,才完成了人类社会繁衍生息的过程吧!就像这篇小说里的年老的父亲,需要的并非是真正的拐杖,而是子女们感恩之手的搀扶。好在小说里的"我"懂得了这个道理,发自内心地对兄弟姐妹们说了一句:"不要再邮寄拐杖了,因为父亲身边有我。"

> 人生即是一个需要独自体验的过程，只有脚踏实地去走，才能留下一条属于自己的生命轨迹。

人生的泥泞

● 文/李雪峰

十八岁那年，我高中毕业了，同学朋友们纷纷找亲托故，给自己找工作。

我央求父亲说："这一回你可得替我找找你的朋友和战友了。"父亲是名复员老军人，他出生入死的一帮战友和朋友如今都手握重权，有的是厂长经理，有的是局长、主任，甚至他最铁的"兄弟"林叔叔，也已经是我们市的市长了。

父亲闷了好久问："找他们做什么？"

我说："给你儿子安排个体面点的工作啊！"

父亲想了又想，没有回答我，缓缓地站起来对我说："走吧，跟爹到外面走走去。"

我跟着父亲默默无语地来到了村外的大路上。昨夜刚落了一夜的大雨，这条黄土大路被雨水浸泡得泥泞不堪，一不小心，脚就会深深陷进又软又烂的泥淖里。我和父亲的身后，留下了几行深深的脚印。一直走到村头的老槐树下，父亲才站住了，父亲抚着我的肩头问："孩子，你能找出自己的脚印吗？"

我很不解地指着自己的脚印说："怎么不能，瞧，这一串就是我刚才踩下的呢！"

"可有的人就找不到自己的脚印，他们一辈子总拣水泥大街、柏油大道走。"父亲叹了一口气十分惋惜地说，"他们连一个自己的脚印也没留下，在这世上岂不是白走了一遭吗？"

父亲看了我一眼，蹲下身说："孩子，来，趴到我的背上来。"我警觉地问："干什么？"

父亲说："让我背你回家。"

我委屈而有些愠怒地说："我十八岁了，我自己能走！"

"十八岁？八十岁又怎么样？"父亲执拗地说，"不管怎么说，今天，老子我就要背着你回家！"

我知道父亲那种说一不二的犟脾气，没办法，我只好趴到父亲那宽厚而又坚实的脊背上，听父亲"嗨"地一声站起来，然后迈着深一脚浅一脚的步子，摇摇晃晃，趔趔趄趄地踩着泥浆，驮着我朝家里走。

父亲气喘吁吁，一直把我驮到家门口，才如释重负地把我放下来，缓了口气问："你能找到你回来时的脚印吗？"

我莫名其妙地说："是你把我一步一步驮回来的，我怎么能找到我回来时的脚印呢？"

父亲笑了，说："你让我去求朋友们替你谋份既体面又轻松的工作，你想想，不就是让人家驮你走一样吗？别人艰辛地驮着你走，你自己能轻松，能体面得起来吗？"父亲叹了口气继续说，"老让别人驮着走，连你自己的一个脚印也留不下来，那可真是枉活一辈子了。"

看着回来时泥路上父亲那行沉重而趔趄的脚印，我说："父亲，我懂了。"父亲说："孩子，你记住，要想留下自己最深的脚印，就得选一条最泥泞的路走才行！"

第二天一清早，我便打起自己的背包，踏着村道上的深深泥淖出发了，我不能让别人驮着我走，因为我要留下自己的脚印。

为了父亲的脚印

赏析／安　勇

在雨后泥泞的道路上，父亲向儿子阐述了一个颠扑不破的真理——在人生的路途上，不论是平坦还是泥泞，都要由自己一步步去跋涉。你不可能绕开它，或者是爬到别人的背上。因为人生即是一个需要独自体验的过程，只有脚踏实地去走，才能留下一条属于自己的生命轨迹。从这个意义上说，人生中的泥泞反而是一件好事，它会让我们踩下更加明晰的足迹。当然也会让我们积攒下走出泥泞的经验和勇气，磨炼出坚强的意志。当儿子明白这个道理时，他就毅然走出了家门，踏上了属于自己的那条道路。那条路是父亲指给他的，可以预见，无论是泥泞还是干爽、坎坷、平坦，儿子一定都会走得非常精彩。

我们无法知道阿萨法最后得出了怎样的结论，但我们却了解了一位父亲对儿子关心爱护的程度，即使是付出生命的代价，也在所不惜。

父亲的悲哀

●文/[埃及]台木尔　译/葛学忠

过去，我常去我们那儿的一个农庄。认识了一位长者阿萨法，他以纺织为业。我常去他家拜访，看他干活。他操作一部简陋的织布机。我每次去，他都热情欢迎，并给我端上一杯自产的咖啡。他精神矍铄，口齿伶俐，胡须整齐，头发斑白。他的妻子已去世多年，给他留下一个儿子——他惟一的亲人。阿萨法倾心培养儿子，教他纺织技术，直到他娴熟此业，成为他最得力的助手。他的儿子体形健美，身强力壮，聪明伶俐，活泼可爱。父亲对他百般怜爱，经常在别人面前如数家珍般地谈论他的优点。

一次，我像往常一样去那座农庄，一则骇人听闻的消息令我心惊胆战——他儿子给火车轧死了。我赶紧到阿萨法家，对他的不幸表示慰问。他接待了我，并像往常一样给我端了一杯自产的咖啡。但此时的他如同一台没有灵魂的机器，他面如土色，毫无表情，讲话时吞吞吐吐，异常吃力，似乎搜肠刮肚也难找到合适的话题。我由衷地安慰了他几句，他只是简单地应了几声。临走时，我默默地抓着他的手深情地握了很久很久。

过了几天，我再次去农庄，一提到阿萨法，人们便告诉我：他近来深居简出，很少能见到他。在一种无形的力量的驱使下，我去看望了他。和他呆在一起时，我发现他明显地消瘦了，脸色苍白，表情凄苦，话也少了，干巴巴的，问一句，答一句。

墙角里织布机一声不响地蹲在那儿，房间犹如废墟，死气沉沉，充满了荒凉和沉寂的气氛，恰似一座无以掩尸的荒坟。

一次，他来看我，喝了点咖啡后，他抬起头问我："你说死在火车下的人会有什么感觉？他一定很疼吧？"

我心中猛地一惊，我想竭力掩饰自己内心的恐慌，但很快就发现这无济于事，于是只好对他说："我想那时他是毫无感觉的，因为人死得特别快。"他提高了嗓门,肯定地说:"一定非常疼噢!"他涨红着脸,皱纹消失了许多,灰色的双眼红润了,他脖子发粗,直喘粗气。见他这副痛苦的样子,我也就默不作声了。我俩默默地相互看着,他渐渐地平静下来,很快又像开始时那样无精打采了。

又过了几天,我重访农庄,阿萨法的身体愈来愈坏,瘦成了一副骨架。稍一走动便显出疲惫的神色。这次,我在田庄住了一周。在此期间,我见过他一次。动身的前一天晚上,我疲惫不堪地独自躺在花园里,花园里一片沉寂。

阿萨法气喘吁吁地走了过来,跟我寒暄了几句后,在我跟前坐了下来,稍息片刻后,他便说道:"我是来求你……行吗?"我以为他缺钱花,便说:"行!阿萨法先生,你需要多少钱?"他惊异地看着我,说道:"先生,我不需要钱!""那你要什么?""明天你可以陪陪我吗?"他说道。我诧异地看着他,未予答复。他微笑着说:"我想到外边去看看,散一会儿步,看看真主的造化,看看我一生只见过一次的那个大城市……我这个要求过分吗?"他平心静气地说着,脸上恢复了往日的神采。他抓着我的手,急切地抚摸着,说道:"你不答应我的要求?"我尚在犹豫,见他这样,便说:"如果能使你高兴的话,我可以陪你去走走。"他眼睛一亮,说道:"我太高兴了。"

他只和我坐了一会儿,就起身告辞了。临走时,他一再向我道谢,并再三要我陪他进城。

次日清晨,我们准备了一辆两只瘦骡拉的车。头戴毡帽、身着长衫的车夫先上了车,他右边放着赶骡用的长而软的鞭子。我和庄园主上了车,坐着等阿萨法的到来。等了好久,仍不见人。庄园主说:"我想他不会来了吧,我真怕赶不上火车。"我回答他说:"我也是这么想的。"车刚启动,我们就听到了声嘶力竭的叫声,扭头一看,原来阿萨法正冲我们竭尽全力地跑来。他示意我们停车,我叫车夫把车停下。阿萨法跑过来上了车,便像昏迷了似的倒在了座位上,嘴里还嘟囔着:"差点没有赶上!差点没有赶上……"

我们出发了,阿萨法渐渐缓过气来,他竭力和我们攀谈,但力不从心,他的话含糊不清语无伦次,他痴呆呆地愣着,显出一副闷闷不乐的样子。

他是着了凉,还是在发烧,他的身体不时地战栗着。

我们终于到了,下车后,我们便向车站走去,到站后,我们坐下等火车。我发现他面色苍白,双唇抖动着。我掏出表看一看说道:"再过五分钟,火车就到了。"阿萨法抬起头,起身说:"走!……"

我们向站台走去,一会儿便听到了列车的汽笛声,接着便见它疾驶而来,呼啸进站。我和庄园主及车夫正在打点包裹时,突然传来了一声尖叫。随后便是一阵骚动声,我看见站台那边非常拥挤,有人说:"已经轧成肉酱了!"

我赶紧向拥挤的站头冲去,但见车轮下,血肉模糊,布条横飞。回头再找阿萨法先生,他早已无影无踪了。

无法体验的爱

赏析/安　勇

读完这篇小说后,我一直在想,老人阿萨法为什么要用卧轨这种极端的方式结束自己的生命呢?从小说里可以看到,在老年失去相依为命的儿子,显然给他的精神带来了巨大的打击。他整个人都改变了,再也无法像从前一样,快乐地生活了。儿子出事后,在他的心里,自己的生命也随之变得毫无意义了。但这就是他选择卧轨的理由吗?我想不是,他卧轨的原因简单之极,他是想知道儿子在被火车压死的那一刻是不是很疼。因为他对儿子的关心细致入微,如果儿子真的很疼,他的心就会更疼。得不到确凿的答案,他便自己用生命去进行了体验。我们无法知道阿萨法最后得出了怎样的结论,但我们却了解了一位父亲对儿子关心爱护的程度,即使是付出生命的代价,也在所不惜。

他一下子震惊了,他想起了自己凄凉的处境,想起了那位女画家给他的钱,也感受到了一种久违的情感——来自儿女的爱和温暖。

父　亲

●文/胡德斌

　　一个老者蹲在阳光里,从清早开始,他在这儿蹲了整半天了。

　　此刻,他正清点他半天的收获,一张张皱巴巴的票子在他的膝盖上展平,然后,小心翼翼地叠好。他是来卖油果儿的。自从儿子娶了那个女人回来。他在家里日益显得碍手碍脚了。然而,他总得谋一个生计。于是,他想出个主意,每天到对门店里揽一篮儿油果,拿到这儿来卖。行人如潮,谁也不会注意他。

　　一天,她背着画夹子偶尔经过这儿,目光一下子被他吸引住了。她胸前别着枚好看的校徽。这些日子,她为毕业作品犯愁。

　　她走向他,像株小白杨轻轻叫了一下:"老人家,我给您画张像,好吗?"

　　画像?他瞪起眼,脸绷得紧紧的。继而,他抬起头,眯着眼睛打量了她一会儿,嘴角狡黠地咧了一下:"好吧。不过,这些油果儿你全买了。"

　　"嗯。"她应着。

　　"五毛一个,十个,拿五块吧!"。她踌躇了一会儿,掏出钱递过去。他犹豫了片刻,将五块钱捏在手里。

　　他往阳光里挪了挪,背靠着一截老树。她打开画夹子,用恬静、温柔的眼睛注视他。他让她看得浑身不自在,避开她的目光,朝远处看去。远处,有些迷蒙,一位年轻的父亲牵着他的儿子,一路上蹦过来,那顶小花帽真漂亮。他叹了口气,眼底闪过一丝温情,然而,温情一瞬间便过去了……

　　她合上画夹子,将十个油果儿留给老人。要了他的地址和姓名,她像一朵云飘走了。

　　两个月后,他收到她寄来的信,信中还有一张市美术馆画展的参观券。

　　展览厅里,许多人围着一幅画,他也好奇地挤了进去。画面上一个寂寞的老人,蹲在一株老树下,老人的目光阴沉而悲哀,一缕阳光留恋地停在他的脸上,他的眼里透出一丝慈祥与温情。他和他对视着。他猛然间发现这个老人正是自己,他的脸陡然羞得绯红。半天,他将目光游移出这幅画,在一张小纸片上,他吃力地读到那两个字:"父亲"。

父亲,这熟悉而遥远的名字。有那么几次,他的儿子、儿媳带着冬冬经过他这个卖油果儿的老头身边,竟离得远远的,像躲瘟神。他痛苦地哽咽起来,浑浊的老泪像虫一样爬出眼眶……

好些日子过去了,美术馆前,有个老者总蹲在那儿,手里捏了把皱巴巴的票子,说是要给女儿的。

别样的爱

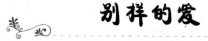

赏析/安 勇

这篇小说里的父亲,是一位被儿子媳妇嫌弃的不幸老人。自从儿子娶了妻子后,他就成了一个碍手碍脚的人。年迈的他不得不走上街头,以贩卖油果儿为生。为了多挣些钱他甚至在女画家提出给他画像时,借机兜销他的货物。但当老人在画展上看到那张用他做模特画出的画时,他一下子震惊了,他想起了自己凄凉的处境,想起了那位女画家给他的钱,也感受到了一种久违的情感——来自儿女的爱和温暖。这些大概就是他捧着一把皱巴巴的钱,说要送给女儿的原因吧!

温暖我一生的冰灯

一个父亲的箴言

纵使是丹青高手，也难以勾勒出父亲你那坚挺的脊梁；即使是文学泰斗，也难以刻画尽父亲你那不屈的精神；即使是海纳百川，也难以包罗尽父亲你对儿女的关爱！

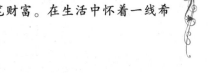

一个人有骨气，就等于有了一大笔财富。在生活中怀着一线希望，就等于有了一大笔精神财富。

我家最富的时刻

● 文/佚 名

第二次世界大战前，我们家是城里惟一没有汽车的人家。我父亲是个职员，整天在证券交易所那如同"囚笼"般的办公室里工作，假如我父亲不把一半工资用在医药费以及给比我们还穷的亲戚身上，那么我们的日子还过得去。事实上，我们是很穷的。

我母亲常安慰家里人说："一个人有骨气，就等于有了一大笔财富。在生活中怀着一线希望，就等于有了一大笔精神财富。"

几星期后，一辆崭新的别克牌汽车在大街上那家最大的百货商店橱窗里展出了。这辆车已定在今夜以抽彩的方式馈赠给得奖者。不管我有时多么想入非非，也从来没有想到过幸运女神会厚待我们这个城里惟一没有汽车的人家。当扩音器里大叫着我父亲的名字，明白无误地表示这辆彩车已属我们家所有时，我简直不相信这是事实。

父亲开着车缓缓驶过拥挤的人群。我几次想跳上车去，同父亲一起享受这幸福的时刻，却都被父亲赶开了。最后一次，父亲甚至向我咆哮："滚开，别呆在这儿，让我清静清静！"

我无法理解父亲的感情。当我回家后委屈地向母亲诉说的时候，母亲却似乎非常理解父亲，她安慰我说："不要烦恼，你父亲正在思考一个道德问题，我们等着他找到适当的答案。""难道我们中彩得到的汽车是不道德的吗？"我迷惑不解地问。"汽车根本不属于我们，这就是问题的关键。"母亲回答我。

我歇斯底里地大叫："哪有这样的事？汽车中彩明明是扩音器里宣布的。""过来，孩子。"母亲温柔地说。

桌上的台灯下放着两张彩票存根，上面的号码是 348 和 349，中彩号码是 348。"你看到两张彩票有什么不同吗？"母亲问。

我看了好几遍,终于看到彩票的一角上有用铅笔写的淡淡的 K 字。

"这 K 字代表凯特立克。"母亲说。

"吉米·凯特立克,爸爸交易所的老板?"我有些不解。"对。"母亲把事情一五一十跟我讲了。当初父亲对吉米说,他买彩券的时候可以代吉米买一张,吉米咕哝说:"为什么不可以呢?"老板说完就去干自己的事了,过后可能再也没有想到过这事。348 那张是替凯特立克买的。现在可以看得出来那 K 字用大拇指轻轻擦过,还能看得见淡淡的铅笔印。

对我来说,这是很简单的事情。吉米·凯特立克是一个百万富翁,拥有十几辆汽车,他不会计较这辆彩车。

"汽车应该归爸爸!"我激动地说。

"你爸爸知道该怎么做的。"母亲平静地回答我。

不久,我们听到父亲进门的脚步声,又听到他在拨电话号码,显然电话是打给凯特立克的。第二天下午,凯特立克的两个司机来到我们这儿,把别克牌汽车开走了,他们送给我父亲一盒雪茄。

直到我成年之后,我才有了一辆汽车,随着时间的流逝,我母亲的那句"一个人有骨气,就等于有了一大笔财富"的格言具有了新的含义。回顾以往的岁月,我现在才明白,父亲打电话的时候,是我们家最富的时刻。

财　富

赏析/安　勇

小说里的父亲在那辆梦寐以求的汽车面前,曾经有过短暂的犹豫,但最终他还是下定决心,把不属于自己的东西还给了人家。我们不妨猜测一下,如果父亲没有打那个电话,神不知鬼不觉地收下了那辆汽车,那么在他的心上肯定会压上一块重重的石头,在道德上背上一笔巨大的债务。那时他虽然有了汽车,却会成为道德上的贫穷者。父亲没有那么做,而是把汽车还给了人家,这时,父亲和全家人就在精神上站立起来,成了拥有巨大财富的富有者。这篇小说告诉我们的就是财富的真正含义。什么是财富呢?引用小说里母亲的话说就是:"一个人有骨气,就等于有了一大笔财富。在生活中怀着一线希望,就等于有了一大笔精神财富。"只有这样的财富,才能一辈子享用不尽。

父亲的爱就像一座处于休眠期的火山一样，在表面上是冰冷沉默的石头，你根本看不到他的炙热和温暖，但在他的内心深处却正流动着滚烫如火的岩浆，那是一点一滴对儿女的爱。

父亲的请帖

●文/乔 叶

父亲一直是我们所惧怕的那种人，沉默、暴躁、独断、专横，除非遇到很重大的事情，否则一般很少和我们直言搭腔。日常生活里，常常都是由母亲为我们传达"圣旨"。若我们规规矩矩照着办也就罢了，如有一丝违拗，他就会大发雷霆，"龙颜"大怒，直到我们屈服为止。

父亲是爱我们的吗？有时候我会在心底里不由自主地偷偷疑问。他对我们到底是出于血缘之亲而不得不尽的责任和义务，还是有深井一样的爱而不习惯打开或者是根本不会打开？

我不知道。

和父亲的矛盾激化是在谈恋爱以后。

那是我第一次领着男友回来。从始至终，父亲一言不发。等到男友吃过饭告辞时，父亲却对男友冷冷地说了一句："以后你不要再来了。"

那时的我，可以忍耐一切，却不可以忍耐任何人去逼迫和轻视我的爱情。于是，我理直气壮地和父亲吵了个天翻地覆。——后来才知道，其实父亲对男友并没有什么成见，只是想习惯性地摆一摆未来岳父的架子和权威而已。可以说，在很大程度上，是我的强烈反应大大激化了矛盾，损伤了父亲的尊严。

"你滚！再也不要回来！"父亲大喊。

正是满世界疯跑的年龄，我可不怕滚。我简单地打点了一下自己的东西，便很英雄地摔门而去，住进了单位的单身宿舍。

这样一住，就是大半年。

深冬时节，男友向我求婚。我打电话和母亲商量。母亲急急地跑来了："你爸不点头，怎么办？"

"他点不点头根本没关系。"我大义凛然，"是我结婚。"

"可你也是他的心头肉啊。"

"我可没听他这么说过。"

"怎么都像孩子似的!"母亲哭起来。

"那我回家。"我不忍心了,"他肯吗?"

"我再劝劝他。"母亲慌慌地又赶回去。三天之后,再来看我时,神情更沮丧,"他还是不吐口。"

"可我们的日子都快要订了。请帖都准备好了。"

母亲只是一个劲儿地哭。难怪她伤心。爷儿俩,谁的家她也当不了。

"要不这样,我给爸发一个请帖吧。反正我礼到了。他随意。"最后,我这样决定。

一张大红的请帖上,我潇洒地签了我和男友的名字。不知父亲看到会怎样。总之一定不会高兴吧。不过,我也算是尽力而为了。我自我安慰着。

婚期一天天临近。父亲仍然没有表示让我回家。母亲也渐渐打消了让我从家里嫁出去的梦想,开始把结婚用品一件件地给我往宿舍里送。偶尔坐下来,就只会发愁:父亲在怎样生闷气,亲戚们会怎样笑话,场面将怎样难堪……

婚期的前一天,突然下了一场大雪。第二天一早,我一打开门,便惊奇地发现我们这一排宿舍门口的雪被扫得干干净净。清爽的路面一直延伸到单位的大门外面。

一定是传达室的老师傅干的。我忙跑过去道谢。

"不是我,是一个老头儿,一大早就扫到咱单位门口了。问他名字,他怎么也不肯说。"

我跑到大门口。门口没有一个扫雪的人。我只看见,有一条清晰的路,通向一个我最熟悉的方向——我的家。

从单位到我家,有将近一公里远。

沿着这条路,我走到了家门口。母亲看见我,居然愣了一愣:"怎么回来了?"

"爸爸给我下了一张请帖。"我笑道。

"不是你给你爸下的请帖吗?怎么变成了你爸给你下请帖?"母亲更加惊奇,"你爸还会下请帖?"

父亲就站在院子里,他不回头,也不答话,只是默默地、默默地掸着冬青树上的积雪。

我第一次发现,他的倔强原来是这么温柔。

父爱无言

赏析／安 勇

常听人说起这样四个字——父爱无言。我一直不太理解,读完这篇小说后,终于明白了这几个字真正的含义。父亲的爱就像一座处于休眠期的火山一样,在表面上是冰冷沉默的石头,你根本看不到他的炙热和温暖,但在他的内心深处却正流动着滚烫如火的岩浆,那是一点一滴对儿女的爱。女儿和父亲大吵一架后,搬出了家门,在结婚前发给父亲一张请帖。父亲虽然没有给予明确的答复,却默默地在雪地里,从女儿宿舍的门口扫出了一条通向家里的道路。用这种特殊的方式,让自己的女儿回家,给女儿发了一张请帖。

这篇小说写的是一个父亲午夜时接到即将轻生的女儿电话,父亲通过电话,巧妙地劝说想要寻短见的女儿,最后使决心已定要投身大海的女儿放弃了轻生念头的故事。

午夜电话

● 文/中 学

爸爸,我是玲子。

我的孩子,你在哪儿?

别问了爸爸,原谅我吧!

玲子,回家吧,好吗?

不! 爸爸,我已经决定了。

玲子,听爸爸一句话——回来吧!

不,爸爸,原谅女儿……

别哭别哭……说话呀——玲子你在听吗?

嗯。

你在哪儿? 我怎么听见大海的声音?

爸爸,我早就想好了,只有大海能接纳我!

玲子,爸爸一直在等你呀!

爸爸,我什么都没有了。

有的呀孩子,你还年轻啊!

别说了爸爸,我真没用,考三年都没考上。

不考了不考了咱不考了,爸爸再也不让你重读了行吗?

晚了,一切都晚了。

孩子,不上大学你还可以做别的事呀,你聪明——

我什么都做不了。

你行的,爸爸相信你。

爸爸,你不让我处男朋友,可是我没听你的话。

爸爸知道,爸爸支持你。

不是的爸爸,他,他不要我啦!

那有什么呀? 你才二十二岁,会有男孩子喜欢你的。

可是,我和他,他和我,我已经……

傻孩子,路走错了可以回来的。

回不来了啊爸爸,我把一切都给了他,可是他……他考得好,他瞧不起我,他说和我分手啦!

孩子,爸爸当初不让你处男朋友就是怕你走到这一步——既然走错了,就再回来;你知道错了,说明你成熟了呀。

爸爸,你咋又咳嗽啦?

没事儿,你离开家这些天,我就黑夜白天等你电话——你让爸爸上哪找你去呀?

别找了爸爸,我已经决定了。

决定是可以改变的呀孩子。

不,我已经想好啦——别再找我了,我不留遗书,临走前,我把日记都烧了。你就当没生养我这个女儿吧!

傻孩子,爸爸就你这么一个孩子呀! 现在快一点了吧? 再过一会儿天就亮了。天亮了一切就都过去了,爸爸相信我的女儿是个坚强的孩子!

爸爸不要劝我,没用的啊。

那你得告诉爸爸,你打算什么时候走啊? 也好让我给你妈妈上坟时告诉她一声啊! 爸爸得知道我的玲子是什么时候去的啊!

爸爸,原谅我……

孩子,你听着——你妈临死时说过:让我一定要把你拉扯大,要让你有出息,所以爸爸一直没……爸爸怕你受委屈呀!

嗯,我知道。

爸爸逼你考大学,还不是想让你将来好吗? 你这一走,你让爸爸……

爸爸,别再抽烟啦! 看你咳嗽的,按时吃药啊爸爸。

玲子……

爸爸,都是女儿不好——让你伤心了,你要保重啊爸爸!

我会的——告诉爸爸你在哪好吗? 爸爸去看你!

来不及了爸爸,我马上就走了。

孩子,你在电视上见过海难时死的人吗?

电视? 我三年多没看过电视了呀!

那爸爸告诉你吧,掉进大海后,衣服都被冲没有了,全身泡得像河马似的,眼睛全被鱼吃了……

别说了爸爸,我不怕。

孩子,你连死都不怕,还有什么可怕的呀?听爸爸一句话:回来,好吗?

爸爸别劝我,只要你能保重,我就没有牵挂了!

放心吧孩子,我要是像你现在这样,早就死上一百回了,还能有你?你妈死后,我既当爹,又当妈,把你一点点拉扯大,多少难关我都闯过来了——因为我知道:生命能给你想要的一切,只要你拥有生命!

爸爸……

孩子,你一定听说过"榜上无名脚下有路"这句话吧?你有健康的身体,还有聪明的头脑,做什么不行啊?那些下岗的女工,有的没有文化,年龄又大,但是,人家不都活得好好的吗?生命只有一次呀孩子,人死了就不能复生了呀!

爸爸……

你妈病重时,咬牙挺着。她对我说,我不能死啊,我死了咱们的玲子咋办呀?谁来管她呀?每次见我把你抱到病床上,她的脸上就有了笑容。她嘱咐我说:"只要你能把玲子养大成人……"

爸爸……

孩子,有些话爸爸不说你也懂,你在作文中不是写过吗?有了挫折和创伤生命才更有意义呀!

爸爸!我的手机没电了——你等着,我再找个电话,等着我……

爱,任何时候都有电

赏析/安 勇

这篇小说写的是一个父亲午夜时接到即将轻生的女儿电话,父亲通过电话,巧妙地劝说想要寻短见的女儿,最后使决心已定要投身大海的女儿放弃了轻生念头的故事。我想绕开小说的开头和中间不谈,只说说文章的结尾。"爸爸!我的手机没电了——你等着,我再找个电话,等着我……"结尾的这句话看似平淡,实则已经把女儿已回心转意的意思含蓄地传递给了读者,这样,就给读者留下了一定的想像空间,让读者充分享受到了阅读此文的愉悦。

49

我仿佛看见一张两面都有内容的画，一面是一位满怀希望卖血换钱的父亲，另一面是一个吃喝玩乐胡作非为的儿子。

赵四伯的教育生意

●文/曾 颖

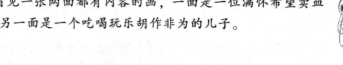

仲夏时节，农民赵四伯的儿子财娃考上大学，他是本乡乃至本县的状元，自然少不得要庆贺一番。平日从不喝酒的赵四伯那天喝得烂醉，蜷在堂屋里的神龛下和列祖列宗们说了一夜话。

很快，录取通知书和入学缴费通知单来了，那薄薄的几页纸上写着一串串的零让赵四伯感觉非常沉重。他开始盘算起他的家底。

这几年风调雨顺，家中也没什么人得大病，养猪猪肥养羊羊壮，鸡鸭也是能吃会长又不害瘟。加之全家只负担一个财娃，家里也算还有些积蓄。虽然比那收费单上要求的还差点，但总比那些一分钱都没有拿着录取通知书比拿到亲人的病危通知书还恼火的家庭好得多。

在权衡了半天之后，赵四伯决定把猪卖掉。

之后，赵四伯便开始更勤快地忙碌和劳作。他觉得，在远方那座自己从没见过的大城市里正有一辆属于自己的拖拉机在"突突突"地开垦着，而拖拉机的油箱，正需要输油过去。

邻居陈旺和廖狗儿对他每天不分白黑地劳作颇为不屑，时不时地凑过来劝他两句，他们还会骂骂城里人办大学办得贼贵，这不是成心挤咱的血么？

赵四伯却不这么认为，他说：我觉得收钱读书很公平，你管交钱，他管教书，两不亏欠。况且，读了书是给你自家挣钱啊！这就像种田要种子，做生意要本钱。

赵四伯这些话于是就在村里传开了，有人点头，有人摇头，见面打招呼都会半开玩笑地问赵四伯：你那生意怎么样？

赵四伯于是就会如数家珍，向别人报道：财娃坐过电梯了；财娃会电脑了；财娃学会OICQ了；财娃昨天和人PK了；财娃会用网了……

每一次播报，那些生僻得拗口的新词都能让村人肃然起敬。赵四伯早年读过初中,他也对财娃信中的语言肃然起敬。他觉得城里和乡下确实不一样,初中与大学确实是没法比的。

随着对财娃所掌握的新知识的播报,财娃寄来要钱的信越来越多,今天说要添件不被城里同学嘲笑的衣服;明天说想买台和城里同学一样的电脑。信的字越来越少,要钱的数目越来越大。

一年过去,赵四伯在卖完了家里最后一只鸡之后决定进城去打工,他觉得田里刨出的钱是经不起儿子在城里用的,还是得到城里去挣钱才行。老婆哭着说:这一把老骨头了,还要进城,谁要啊!

赵四伯甩下一句:有没有人要走着瞧!就从财娃当初走的土路上出发,一路到了城里。

到城里他才发现,像他这个年纪的人想从后生们手中抢到工作确实很难。事实上,在城里能找到工作的后生也不多,这让他感觉很苦恼。眼见着口袋里的钱越来越少,他开始恐惧起来。他最恐惧的,倒不是自己饿肚子或回家乡面子上不好看。而是他的财娃,眼见着这笔生意已做了四分之一了,就这样停下来,不是亏大了吗?

于是,他一咬牙,跟着同村的刘在到一个地下采血点,在撩开袖子那一刻,他眼前闪过的全是电影里勇士炸碉堡的镜头。

之后,他又在城里住下了,白天捡垃圾,上下班高峰期就拎一支打气筒到街边给自行车加气,隔周到采血点去抽一次血,这样下来,一个月居然能挣八九百元。听说有些城里人还没他挣得多,他感到十分高兴,嘴里常常哼着小调。

财娃一如从前地需要钱,据他说:自己必须要建立自己的交际圈子,因为现代社会,关系是第二生产力。赵四伯虽然没听过关系是第二生产力这句话,但他知道建立关系的重要。当初要是自己与乡长有关系的话,那贷款和鱼塘承包哪一样轮得到陈胖子头上啊!

不用说,当然要支持儿子交际!

赵四伯于是更卖力地捡垃圾、打气、卖血。

深秋时节,赵四伯看着满天满地飘落的树叶,突然想去见一见近两年都没有见到的儿子。因为这半年来,除了让他往储蓄卡里存钱之外,财娃还没有对他讲过一句他想听到的话。这个念头一起,就再也熄灭不了,这样会花掉他上百元的路费也吓不住他。

爬货车啃冷馒头喝自来水,赵四伯终于到了省城,当他一脸漆黑费尽周折站到儿子学校教务处时,儿子的老师很惊诧,怎么也不相信这位乞丐样的瘦男人是赵财同学所说的当包工头的爹。

又费了一大番口舌，老师相信他是财娃他爹了，于是将一个更大的坏消息告诉了他，由于长期沉迷于网络游戏，他的儿子很久没上课了，有同学说他跑出去打工去了。学校给你们家发的通知你们没收到？

赵四伯觉得自己头很晕。他不知道自己是怎么离开省城的。当他跌进自家小院时，才"哇"地一声哭了出来。

村里人知道学校通知的事，都摇头。几个老戏友想来劝劝赵四伯，没等他们开口，赵四伯就说话了，他说：你们别劝说，我知道，世上哪有只赚不赔的生意呢？咱就当今年天干，种子都烂地里了。

拯救烂在地里的种子

赏析／安　勇

为了供养上大学的儿子财娃，赵四伯开始是起早贪黑地在地里劳作，后又到城里捡垃圾、打气，甚至不惜卖血，他戏称这是在做一笔有关教育的生意。没想到，他的儿子竟然丝毫也不体恤他的苦心，不但任意挥霍着浸满他血汗的钱财，凭空吹嘘出一个包工头的父亲，而且还耽于玩乐，荒废了学业，让赵四伯的生意血本无归。读过这篇小说后，我仿佛看见一张两面都有内容的画，一面是一位满怀希望卖血换钱的父亲，另一面是一个吃喝玩乐胡作非为的儿子。两幅画面形成了鲜明的对比，让人触目惊心。面对这样的结局，赵四伯除了说一句："世上哪有只赚不赔的生意呢？"还能说些什么呢？

这位父亲是在用对儿子的爱拼命工作,即使挥汗如雨筋疲力尽,却充满了一份渴望和甜蜜。

隧　　道

● 文/[前苏联]康·麦里汉

　　列车早不停晚不停偏偏停在隧道里:第一节车厢已经钻出了隧道,而最后一节还没有进去。

　　列车意外停车,乘客们都着急,只有坐在最后一节车厢里的一位旅客不但不生气,反而感到高兴。这倒不是因为他那节车厢比别的车厢明亮,而是因为他的父亲就住在隧道附近。他每次休假都要经过这条隧道,可列车不在这儿停车,所以他好几年没有见到父亲了。

　　这位旅客从窗口探出身子,叫住顺着车厢走过来的列车员问道:

　　"出什么事了?"

　　"隧道口的铁轨坏了。"

　　"得停多长时间?"

　　"至少得四个钟头吧!"列车员说罢,转身走向隧道另一端。

　　车厢对面有个电话亭。这位旅客下车给父亲挂了电话,接电话的人告诉说,他父亲正在上班,并把父亲工作地点的电话号码给了他。于是他又往工作地点挂了电话。

　　"是儿子吗?"父亲一下就听出了他的声音。

　　"是我,爸!火车在这儿要停整整四个钟头。"

　　"真不凑巧!"父亲难过地说,"我正好还要干四个钟头才能下班。"

温暖我一生的冰灯

感动系列

"你不能请个假吗？"

"不行呀。"父亲答道，"任务很紧，或许我能想个法子。"

旅客挂上听筒。这时列车员正好从隧道里走了过来。

"再过两个钟头就发车。"他说。

"怎么，过两个钟头！"这位旅客叫了一声，"您刚才不是说要等四个钟头吗？"

"修道工说要四个钟头才能修好，现在他又说，只要两个钟头就够了。"列车员说完，转身又向隧道另一端走去。

旅客飞快地跑向电话亭。

"爸，你听我说，是这么回事，不是四个钟头，我只有两个钟头了！"

"真糟糕！"父亲伤心地说，好吧，我加把劲，也许一个钟头就能干完这点活儿。"

旅客挂上电话。这时列车员吹着口哨，从隧道里出来了。

"这个修道工干劲真大！他说了，一个钟头就能修好。"

"爸，我刚才说得不对！不是两个钟头，是一个钟头。"

"这可麻烦了！"父亲懊丧极了，"半个钟头我无论如何是干不完活的！"

旅客又挂上听筒。列车员也从隧道里走了回来。

"嘿，真是笑话！那边说半个钟头就修好了。"

"该死的修道工，不是在说胡话吧?！"旅客喊叫着跑向电话亭，"爸呀，你十分钟内能过来吗？"

"可以，孩子！拼上老命我也要干完这点活！"

"哼，这个修道工还骗人，先抱怨'活太多，活太多'，可现在又说只要十分钟就可以修好了。"

"混蛋，他在搞什么鬼！"旅客嘟哝着骂了一句又拨了电话，"爸，听我说，我们见不了面了。这儿一个混蛋先说停四个钟头，现在又说只停十分钟。"

"真是个混蛋。"父亲赞同地说，"甭着急，我马上就过来！"

"乘客同志们，快上车！"从隧道里传来列车员的声音。

"再见了，爸爸！"旅客喊道，"他们不让咱们见面！"

"等等，孩子！"父亲上气不接下气地喊道，"我脱开身了，别挂电话！"

这时旅客已跳上车厢。

列车驶出隧道时，这位旅客凝望着巡道工的小屋，凝望着小屋窗口里用帽子擦着满脸汗水的老人。电话亭里，话筒里仍在响着父亲从远处传来的声音：

"我脱开身了，儿子，脱开身了！"

爱的奇迹

赏析／安　勇

　　曾经听说过这样一个真实的故事,一位父亲在自家楼下,猛然看见年幼无知的儿子正站在五楼的窗台上,随时都可能落下来。父亲万分紧张,就一直盯着儿子看。后来儿子真的不慎落了下来,但却平安无事。因为在他落地的一瞬间,父亲伸出手,准确地接住了自己的儿子。我相信人间有一种东西能创造出奇迹,比如母爱和父爱。在这篇小说里,我们看到一位做修道工的父亲,为了能挤出与儿子相聚的时间,一次次创造奇迹,把本来四个小时才能完成的工作缩短到二小时、一小时、半小时,最后在短短十分钟里就让火车重新运行起来。我相信,这位父亲是在用对儿子的爱拼命工作,即使挥汗如雨筋疲力尽,却充满了一份渴望和甜蜜。虽然最后生活和这对父子开了一个玩笑,父亲拼命缩短时间,其实是在让儿子尽快地离开,但在黑暗的隧道里,我们还是看见有一份父爱穿行而过,和儿子连在了一起。

当儿子明白了其中的原因，向父亲道晚安时，我看见在黑暗中有一座桥从儿子的心连到了父亲的心，此时父子之间的那份理解和尊重让人倍觉温馨。

父亲坐在黑暗中

● 文/〔美〕杰罗姆·魏特曼

父亲有个怪习惯，他喜欢独自一个人坐在黑暗里。有时我回家很晚，家里一片漆黑，我蹑手蹑脚进屋，原因是我不想打扰母亲。母亲不容易睡熟。我踮脚尖进我的房间，在漆黑一团里脱衣上床。睡前我有上厨房喝一杯水的习惯。我赤脚走路，没有弄出任何声音。我进厨房的时候，差点给父亲绊了一跤。父亲穿着睡衣睡裤，正坐在厨房里的椅子上抽烟斗。

"啊，是爸爸，"我说。

"啊，是你。"

"爸，您为什么不上床？"

"我就去，"他说。

不过他还是坐在那儿。我睡了一大觉醒来，发觉他还坐在那儿，吧嗒吧嗒抽烟斗。

有好多次我正在房间里读书，我听见母亲进屋就寝，听见弟弟上床，听见姐姐进来，卸妆梳洗，窸窸窣窣，她忙完后周围一片寂静。一会儿，我听见母亲跟父亲说晚安。我继续读书。过了一会儿，我口渴了，去厨房喝水。我差点又一次被父亲绊倒。有好几次他都使我吃惊。我忘了他会坐在那里。父亲在那里抽烟斗，闷坐，想心事。

"爸，您为什么不上床？"

"我就去，孩子。"

但是他没有马上就去睡觉。他还坐在那里，抽烟斗，想心事。我为此而担心。我不明白父亲为什么要这样,他能想些什么呢? 有一次我询问他。

"爸爸,您在想些什么呀?"

"没什么。"他回答。

有一次,我不管他自顾自睡觉去了。好几个小时后我醒了过来。我口渴了,去厨房。父亲在那儿:烟斗熄灭了,但他坐在那里,眼睛盯着厨房角落。过了一会儿我开始习惯那里的黑暗了。父亲还坐在那里,眼睛直定定盯着屋角,他的双眼一眨也不眨。我想他压根儿没有注意到我。我有些害怕。

"爸爸,为什么您不上床睡觉?"

"我就去,孩子,"他说,"别管我。"

"不过,您可已呆了好几个钟头了。究竟怎么了? 您在想什么?"

"没什么,孩子,"他说,"没什么。这不过是一种休息。就是那么一回事。"

他说这话的样子让人宽心。父亲像是没有什么烦心的事。他的语调平静、愉快,一如从前。可是我不理解父亲为什么要这样。独自一人坐在一张不舒服的椅子里打发黑夜,这怎么可能是休息呢?

那么这是在干什么呢?

我想像了所有可能情况。不可能是为了我。我知道这一点。我家不富,但父亲为钱而犯愁时,是不会不声不响的。不可能是为了自己身体,因为若身体不好,他也不会沉默寡言的。也不可能是为了家里任何人的身体担心。虽说手头拮据,但我们个个身强体壮。那么为了什么呢? 恐怕我没法弄明白的。可是,父亲的古怪行为使我放心不下。

父亲会不会是想念在祖国的兄弟,会不会是想他的母亲和两个继母,会不会是在想他的父亲? 不过他们全死了。而且他也不会那样绞尽脑汁细想他们的。我说的"绞尽脑汁细想",那不是真的,他不会冥思苦索。他看起来甚至从来不曾好好想过什么。他看上去显得太平和了,惟其太平和以致他不大冥思苦想什么。也许确如父亲说的那样,那是一种休息,但这看起来不可能呀。父亲的行为着实使我不安。

我要是知道他在想什么就好了。我要是知道他想的东西就好了。我没法帮助他。他可能根本不要帮助。情况可能正像父亲讲的那样,是休息。至少我不必为此担忧。

他为什么会坐在那里,与黑暗为伴呢? 是不是他的脑子不如从前一样管用了? 不,那不可能。他才五十三岁,和从前一样头脑灵活。事实上,在每个方面他都正常如从前。他仍然喜欢甜菜汤,他仍然喜欢读《泰晤士报》第二版;他仍然相信德布斯能挽救这个国家;仍然相信信托收据是金融资本家的剥削工具。他和从前一样。他看起来甚至并不比五年前更老。每个人都注意到这一点,人们都说他保养得很好。尽管如此他却在深更半夜独自坐在黑暗里,抽烟想心事,眼睛眨都不眨,盯视前方。

如果确如他所说的那样是休息,那我会让他去的。可我想来似乎不是那么回事,似乎有什么我不能揣知的事情正困扰着父亲。或许他需要帮助。为什么他不讲出来呢?为什么他不皱眉或者笑或者哭呢?为什么他不做什么事情呢?为什么他只是坐在厨房里呢?

终于,我生气了。或许那只是因为我好奇心未得到满足,也可能因为有点忧虑。不管怎么样,我生气了。

"爸爸,出了什么事情?"

"没事,儿子。什么事情也没有。"

但是这次我决心打破砂锅问到底,我有些气愤。

"那么为什么一直坐在这儿,冥思苦想到深更半夜?"

"儿子,那是休息。我喜欢。"

我无言以对。明天他还会坐在那儿的。我还会被困扰的。现在我不能就此罢休。我恼怒了。

"呵,爸,您想些什么呢?为什么您恰恰坐在这儿呢?什么事情使您烦恼呢?您在想些什么?"

"没什么事情使我烦恼。我很好。那真是休息。就那么回事。去睡觉吧,孩子。"

我的怨愤消失了。但烦忧感依旧不减。我必须得到一个回答。这么做似乎相当不明智。为什么他不告诉我呢?除非我得到会让我放心的解答,否则我不会安心的。我坚持着。

"但是,您在想什么呢,爸?什么东西那么让你费心?"

静默。

夜已深。屋外街道阒寂无声,屋内一团漆黑。我轻轻地上楼,楼梯吱吱发出声响。用钥匙开了门,趑进我的房间。

我脱去衣服,然后又发现自己有点口渴。我赤脚走到厨房间。到之前我就知道父亲准在那儿。我能看见父亲弓背坐在愈发漆黑的黑暗里的身影。他坐在同一张椅子上,他的胳膊肘支在膝盖上,嘴里叼着熄火的旱烟管,眼睛一眨不眨直盯着前方。他似乎不知道我在此。他没有听见我进来。我静依门框,注视着他。

万籁俱寂。但深夜里还是有这样或那样的声息。当我一动不动站着的时候,我开始留心谛听。放在冰箱上的闹钟发出滴滴答答的声音;夜空里间或传来一辆机动车穿街过巷的隆隆声;街上的废纸被微风吹起,窸窸声隐约可闻;人们窃窃私语之声如轻柔的呼吸,此起彼伏。嗯——这一切让人产生一种愉悦奇妙而又特殊的感觉。

喉咙口的干渴使我从沉迷中醒来。我轻松愉快地走进厨房。

"喂,爸爸。"我说。

"啊,儿子。"他说。他的声调很低,声似梦中呢喃。他并未移动身子,也未停止聚精会神的凝视。

我找不到水龙头。窗外路灯的暗淡光影只是使屋里显得更暗。我够着了屋中央的一条短链。我拉亮了灯。

父亲身子一阵痉挛,仿佛被什么东西咬了一口。"爸,出了什么事?"我问。

"没事,"他说,"我不喜欢光亮。"

"光怎么了,有什么不好?"我问。

"没什么,"他说,"我不喜欢光亮。"

我把灯关上了。我慢慢地喝水。我自己对自己说,不要大惊小怪。我必须把事情弄个水落石出。

"为什么你不上床?为什么你这么晚了还坐在这?"

"这样对我挺好,"他说,"我不习惯光亮。我做小孩子那阵在欧洲,那时我们没有照明灯。"

我的心里跳了一下,我快活得连气都屏住了。我想我明白了。我想起了父亲少年时代在奥地利的故事。我看见房梁很宽的那种小吃店,我祖父呆在栅栏后面。天已晚,顾客散尽,而父亲也打开了盹。我看见那张烧着煤块的睡炕,火苗呼呼窜动着。那间屋子已很暗,且变得愈来愈暗。我看见一个小男孩蹲伏在一堆放在一个大壁炉旁边的嫩树枝上,他被照亮了,眼睛一眨不眨地呆望着炉里的灰烬。那个男孩就是我的父亲。

我想起了我静静地立在门边注视着父亲时所感受的那些愉快时刻。

"爸,您的意思是说这没什么不好?您坐在黑暗里只是因为您喜欢吗?"我发现,我要压抑声调中不断增加的快乐似乎挺难。

"当然是呀,我不能在灯光底下想事。"父亲说。

我放下了玻璃杯,转身回房间时对父亲说:"晚安,爸爸。"

"晚安!"父亲回应。

不多久我又回来了。"爸爸,您想些什么呢?"我又问。

他的声调似从远方传来。声音很轻,且是老调重复。"没什么,"他说得很柔和,"没什么要紧事。"

被真挚情感照亮的黑暗

赏析/安 勇

　　我时常想到这样一个问题,朋友也好,亲人也罢,如果我们爱他们,最恰当的表现方式是什么呢? 在现实生活中,我们比较习惯于用自己的意志去强迫对方,单方面地认为,为他好就要让对方按照我们的想法去思考或行动,如果对方不这样做,我们就会不高兴。读过这篇小说后,我感觉爱一个人的最高境界就是对他的尊重和理解。就像这篇小说里的儿子,开始以为父亲坐在黑暗中肯定是有什么问题,甚至固执地想要父亲说出到底是什么问题。没想到,坐在黑暗中其实只是父亲从小养成的一个习惯,他喜欢那么做。当儿子明白了其中的原因,向父亲道晚安时,我看见在黑暗中有一座桥从儿子的心连到了父亲的心,此时父子之间的那份理解和尊重让人倍觉温馨。黑暗,也被这种真挚的情感照亮了。

人生中充满了欲望，就好比一个旅行的人，如果我们什么都想抓住、背在肩上，那么一定会搞得很累很累，这时候就需要学会舍弃，轻装出发。

一个父亲的箴言

● 文/马 德

孩子，有些话，在你长大的过程中，我要和你说说。

昨天，你回来哭哭啼啼地告诉我，说一个同学又和你闹别扭了，你说事情本来不怨你的，是同学做得太过分了。

爸爸笑了。

依爸爸的经验，一个人要赢得另一个人很容易，那就是要学着吃亏。孩子，这个世界上没有人喜欢爱占便宜的人，但所有人都喜欢爱吃亏的人。你想着吃亏的时候，就会赢得别人；那个懂得以更大的吃亏方式来回报你的人，是你赢得的朋友。

孩子，人生的第一次付出，就像你在空谷当中的喊话，你没有必要期望要谁听到，但那绵长悠远的回音，就是生活对你的最好回报。

你拿着一个高脚的玻璃杯，跳上跳下，你要注意，不要把杯子碰碎了。一个杯子，碎了以后，就永远也不能再弥合了，更重要的是，如果你把握不好，还会划破你的手指，让一些伤痛永久留在心里。

孩子，婚姻就像是这样一个精美的杯子。开始的时候，你不要被它外在的光怪陆离所迷惑，你要审慎地去遴选和把握。再后来，你对待它的态度就非常重要了，一个结实的杯子，是呵护出来的，你用爱去细细擦拭，它就会释放出永久的光泽。

有一次，爸爸让你出去买醋，本来给你一个硬币就够了，爸爸多给了你几个。爸爸发现，你在出门的时候，把多余的硬币悄悄地放在写字台的角上。那一刻，爸爸装作没看见，但你不知道，爸爸的内心是多么高兴。

孩子，人生的许多东西是多余的，比如钱，比如欲望，比如名声。更多的时候，得到你该要的该有的就够了，就像现在，拿走一个硬币，剩下的，在你心里淡淡地扔掉。

爸爸想说的是，因为你的舍弃，你豁然开阔的眼界里，将会发现人生中更多更

温暖我一生的冰灯

感动系列

美的风景。

爸爸在乡下教书的那一年,咱们家的日子过得很窘迫,爸爸没有钱给你买玩具,你找来许多塑料袋,在一个塑料袋里盛满水,用针扎破了,然后你看着细细的水流流向另一个袋子,然后,再换另一个袋了,你玩得很快乐。

或许,很小的时候,你就学会了在简单的生活中寻找快乐。不错的,孩子,生活中有些东西并不容易改变,但容易改变的,是人的心情。孩子,即便你一生中什么也没有抓住,但抓住了快乐,你依旧是天底下最富有的人。

爸为你讲一个故事。

你爷爷有一个朋友是做大买卖的人,有一年他把二十几个村庄的账收起来,用纸包好了放在咱家里,他说他要到别的村子里去,就一拍屁股走了。结果,一连多少年,再没有了他的消息。爸爸上学的时候,你爷爷的肺病已经很厉害了,家里一贫如洗。好几次,你奶奶提到那个账包的事情,你奶奶的意思是挪用一下,缓一缓家里的紧张情况。你爷爷一瞪眼,说,人家凭什么敢把这么多的钱放在咱这里,说明咱的人比他的钱值钱!

孩子,你爷爷临死的时候,还是一个穷人,但他是一个响当当的穷人。

爸爸把这个故事讲给你听,是希望你能明白,一个穷人应该以怎样的风骨,在这个世界上站立。

人生的要义

赏析／安　勇

父亲的爱千姿百态,有些是呵护和关心,有些是支持和帮助,当然也有娇纵和溺爱,而这篇小说里的父亲,他的爱是人生中的哲理。人为什么要吃亏和付出呢?因为只有不斤斤计较、敢于付出、不怕吃亏,我们才能取得朋友的信任,赢得朋友真诚的友谊。这就是人们常说的吃亏是福的道理吧。人生中充满了欲望,就好比一个旅行的人,如果我们什么都想背在肩上,那么一定会搞得很累很累,无心欣赏旅途中的美景,失去了旅行的意义,所以,我们要学会舍弃,轻装出发。而骨气是做人的根本,人只有挺直腰杆儿,才能看见更远处的风景。父亲告诉了儿子人生中的几个关键词——吃亏、付出、舍弃、骨气。这四个词连缀起来,差不多就是人生的全部要义了。

> 这种本色，不仅是农民的本色，正是做人的本色，有了这种本色，你就会在傍晚的夕阳里看见金黄色的稻谷，看见自己像稻谷一样灿烂的人生。

感 谢 父 亲

● 文/吴富明

打工之前，父亲叫水生和他最后收割一次稻子。

父亲的身子就如镰刀一样，在湿田里不停地抖动着。父亲没和水生说一句话。只见稻子成堆地被父亲摆在身后。

水生想，父亲一生永远也改变不了老黄牛的本性。水生觉得自己是万万不能像父亲一样只知闷声干活的。

歇歇吧，爹。水生叫了一句，他感觉腰像散了架竟支不起来了。

父亲没有吱声。能听见的只是镰刀锯裂稻子的杂声。此时的父亲正沉浸在一片喜悦中。沉甸甸的稻穗在他手里就是一年的希望。

终于到了田的另一头。父亲才抬起头，轻轻直起身叫了句，水生，打穗啦。

歇够脚的水生从田埂上站起来下到水田中，转身抱了一把稻穗就打起来。

父亲放下镰刀，也过来打起穗。父亲打得很起劲，稻草里几乎没有了稻穗。父亲说，水生，打干净些，不饱满的谷子以后碾了糠还可以喂猪。

水生说，爹，这湿田烂地不好打，弄不好天就暗了。

父亲说，你这是最后一次跟爹收割稻子，你就好好打吧，说不定天暗之前就打好了。你以后出外打工可千万莫急性子呀。

水生说，爹，你就放心吧，我以后会留钱回来给你的。打工比收割稻子要强多了。

父亲没再说话。他手上的稻穗迎空而下，打得谷斗砰砰直响。

夕阳映在田里，像铺上了一层金粉。父亲说，水生，我打了一辈子稻，就喜欢这个时候的阳光，看起谷子来，像一粒粒金豆子呢。

水生说，爹，那是你的幻觉。小时候，我们村小学的语文老师也常这么形容的。现在，我看哪，这个时候是太阳小些了嘛。爹，你要不先歇歇？

父亲说，不歇了，趁早装袋吧。

父子俩将谷子装完袋后,夕阳就落下了。四周田里尽是散落的稻草,收割的人们正在往公路上抬包装车。

水生说,爹,请人抬吧。看谁家没个帮手的。

父亲说,将就吧,我还没老呢;何况你也在呀。

父亲躬背,将一包谷子甩在背上,深一脚浅一脚就沿着田埂向公路上走。

水生也背了一包。他想,父亲也真是的,老是这么死干,掏些钱请人背不就省事了。公路上不是有人正等活干吗?

父亲背得很吃力。

水生见了,心里一阵难受。他拖住父亲说,爹,你就歇着吧,我背就行。

父亲喘着粗气说,人老了,这活气力上不中用了。唉。

你小心啊,别闪着腰,过几天,你还要去打工。父亲说这话时,脸上竟开始绽开了笑容,他一甩手又往背上压了一包。

一星期后,水生离开父亲去省外打工了。

一家工厂要招收仪表工。来报名的人很多。

厂方代表说,不管你学历如何、有没有工作经验,只要能将厂方交代的事做得最好者,就录用。

每个来报名的人都拿到了一大堆宣传单。厂方代表说,谁要是将手中的单子发完,就可获得五十元。时间为一天。

开始行动了。有人不到半天就散完;有人请人散发;有人干脆往火中一烧了事。那些人早早地领到了五十元。厂方代表说,你们都不错,会动脑。

水生开始也这么想过别人的方法,别人也教过他。可是他突然想到了父亲割稻和背包时的情景,他就没有了别的念头。

于是,他挨个地发,整一天,他还没有完成任务。

第二天,他来厂代表处,交还剩下的单子。

厂方代表笑笑说,你呀,怎就不动脑呢,这五十元可是很好赚的。

水生说,我尽了我的努力,我能收获多少就是多少,我不想为此动歪心,不然,我以后就不能做正事了嘛。

厂方代表说,看不出你还不失农民本色。给,这五十元,是你的劳动所得。

水生说,可我没完成任务。

厂方代表说,这五十元可不是散单子那五十元,这是你的工作奖励,因为你被录取了。要知道,我们招收的不是推销员,而是仪表工,这是一项关系到生产安全的工作,要求人员认真、尽责,靠歪点子、走捷径是行不通的。其他的人挣的五十元那只能是辛苦费而已，与工作无关。

水生很激动。他这时才明白，一生像老黄牛干活的父亲为什么总是不轻易说歇，他是在为夕阳前所有的劳动争取一种结果。

三个月后，水生汇回了第一笔工资。他在汇言栏中只写了四个字：感谢父亲。

本 色

赏析／安　勇

一辈子都在土地上辛勤劳作的父亲，在水生临出门打工之前，带着儿子收割了最后一次水稻。这看似平常的事情，其实饱含着父亲对儿子的良苦用心。父亲是用收获水稻这件事委婉地告诉儿子一个道理——不管是在地里干活儿，还是在工厂打工，都要踏踏实实，尽心尽力。水生显然是明白了父亲的意思，而且在第一次考验面前出色地完成了任务。负责招聘的人说的一句话让我难忘，他说水生有农民本色。其实我觉得这种本色，不仅是农民的本色，更是做人的本色，有了这种本色，你就会在傍晚的夕阳里看见金黄色的稻谷，看见自己像稻谷一样灿烂的人生。

农民父亲的力量

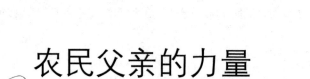

●文/贾广建

　　他来自农村，学的是医学专业，上了几年学，家里值钱的东西都被他上没了。医院不好进，没钱也没关系的他，混了几年还是一个默默无闻的乡卫生员。

　　一辈子土里刨食、对他寄着太多希望的老父亲为此很着急，从百里外的农村老家赶来，带着他到医院求职。他成功地为某医院做了一例断肢接合手术。有热心人提醒他们父子要及时送礼。礼也送了——一壶家乡产的小磨香油，只是太轻了，轻得微不足道。院领导说，如果他能做断肢再植手术，就可以把他调进医院。

　　农民父亲听不出弦外之音，更着急不知要等到啥时候才会有断肢的病人来这小医院做接肢手术。即使有，也未必轮上儿子做。如果没有上手术台的机会，就意味着儿子还要一直等下去。

　　为了儿子的前途，生性笨拙的农民父亲突发奇想，一急之下剁掉了自己的一个手指，在手术台上指名要儿子做手术……

　　手术后拆线，看着还能弯动的手指，农民父亲笑了，儿子哭了，医院领导无话可说了。

　　当官的父亲，可以用权为自己的儿子疏通前途；经商的父亲，可以用钱为自己的儿子铺垫道路。那个父亲是农民，两手空空，但他的力量却也很惊人，而且创意出奇，无人敢于仿效，令人叹为观止。

血　指

赏析／安　勇

　　这篇小说可以和前面陈永林的一篇《寒冬》放在一起阅读。两篇小说写的都是农民父亲，而且这两个父亲也都是为儿子的前途做着自己最大的努力。《寒冬》里的父亲凄凉地惨死在河中，这篇小说里的父亲忍痛砍断了自己的手指。读过这篇小说后，我更加真切地明白了"可怜天下父母心"这句话的含义，话里的每一个字，都浸透着血，饱含着泪。不管是砍断自己的手指，还是在冰冷的河水里捉鱼，按常理都是不可为的事情。但为了自己的儿子，两位父亲却义无反顾地做出了不可为的事情。明知不可为而为之，我想，这就是一种伟大的父爱吧，只要他们的儿子能过得好，就在所不惜。

父亲没有能力改变这个社会现实，只好选择了出走的方式来避免儿子犯错误。

自 觉 出 走

●文/孙方友

赵章原来是镇上的民办教师。他有三个儿子，大儿子赵文，二儿子赵武，三儿子赵安。赵文是"文革"后的第一批大学生，被留在了省委工作。他先在省委组织部很快就由科级提到处级，晋升处级不到一年，便到基层锻炼了两年，接着，没进省城就升了副地级，在省城东边的一个地区任副书记。三十八岁那年，又升了半格儿，当了行署专员。那时候，他的两个弟弟也早已大学毕业，一个留在了本县组织部，一个留在了地委。等到赵章退休那一年，赵武和赵安也都当上了县委书记和副县长什么的。

三个儿子都住在城里，可赵章老两口儿谁家也不去，执意留在老家。他们说城里楼上楼下的过不惯，没在乡间自在。三个儿子都很孝顺，逢年过节都要回来。尤其是春节，赵家门前能停好几辆小卧车儿，很是威风。

赵章此时对儿子们说：你在外乡再风光，但当官的如走马灯似的，谁会记住你那一时的威风？就算在自己老家，左邻右舍又能把你的威风记几代。

过大年的第一顿饭，赵章从不准备大酒大肉，而是让老伴煮一锅老白菜汤，蒸一锅黑馍馍。他对儿子们说这是忆苦饭，过去的日子不能忘。只有不忘苦日子，才能做好官，祖上才光荣得长一些，省得遭人唾骂。

　　不想赵章的老伴儿命薄,赵章退休不久就离开了人世。埋葬她的那几天,三个儿子所辖的地区、县说不清来了多少人,多少车。赵章于痛苦之中只知道人来了走了,走了来了。谁的下属下来了,就去找谁报到。赵章知道,那是给他儿子们交钱去了。至于三个儿子借母亲的丧事各自收了多少礼钱,他可能永远也说不清。

　　家中只剩下他一个人时,儿子们又一次劝他进城,可他仍是不去。他说:我怕你妈一个人孤单,要陪陪她。

　　没办法,三个儿子只好坚持回来看他。每到春节,赵家门前仍是小车一溜儿。

　　但三个儿子都是孝子,仍坚持每年回来看老爹。

　　不想这年春节又回,却突然不见了老父亲,左邻右舍打听,都说昨儿还在哩!直到天黑,仍不见回,兄弟三人忙开车去舅家、姑家寻觅,仍无踪影。三个儿子这才慌了,呆呆地坐在老屋里,猜测着各种可能。老大赵文起身去寻找老爹的箱子,发现存钱卡不见了,箱子里留有一封信,打开来,正是写给他们的。

　　赵章在信中说:孩子,爹走了。爹这一走至少五年。如果这五年里我没有了,你们也不必难过。因为你们都是官,爹在家死不起,死一回要让百姓花掉上百万哩!爹选大年三十离家,是因为今儿个你们都回来。爹只打算外出五年,钱上不用操心,平常你们孝敬的钱和我的积蓄还有不少。再说,爹外出也不会闲着,拾破烂也可以养活自己嘛!五年后如果我还活着,我一定回来。那时候,用你们官场的话说,老大已安全着陆,老二也退了二线,该进人大、政协什么的了。剩下小三儿,也离"调研"没几年了。那时候,我死也没有什么可怕的了。至少可以不用担心你们因我之死而出什么事了。不然人家来送礼,你们收不好,不收也不好,收了上交更会得罪不少人。世风日下,又没人能拦得住,没办法,我只好为你们躲一躲了。五年后我若没回来,也不必大张旗鼓地找我,人嘛,横竖总有一死,有你们三个为祖上争光,我已足矣!爹深怕这光荣变成耻辱,所以就想尽我自己的一点儿薄力,尽量不给你们提供那么一个机会。爹为了你们,也只能做到这些,剩下的,就看你们自己了。虽然眼下你们可能要落下"不孝之子"的罪名,但结果会好的。大年的忆苦饭都已备在锅里,你们自己动手做一顿。兄弟仨在一个床睡一夜,像你们小的时候一样,打通腿儿。明儿个一大早,别忘了给你妈上上坟……

　　三个人轮流看了爹的信,都没吭声,各自暗自擦泪,许久了,老大才说:是谁逼走了咱爹?

　　老二和老三听到这话,也同时睁大了泪眼问道:是呀,是谁逼走了咱爹?

爱的警醒

赏析/安 勇

　　一位生活在农村的教师父亲,面对三个位高权重的儿子,竟然做出了在大年夜出走的事情。这看起来似乎有些不可思议,但如果仔细分析一下,读读父亲留下的那封信,我们就会明白父亲出走的真正含义,从而也能在父亲的出走中看到一份与众不同的父爱。父亲正是因为亲眼看到老伴去世时,三个儿子都收受了巨额的礼金,为儿子们的前途担忧,害怕儿子们因此会犯错误,这才想到了出走、甚至是悄悄死在外面的主意。父亲没有能力改变这个社会现实,只好选择了出走的方式来避免儿子犯错误。这出走里有父亲对儿子们的劝诫,也有父亲对儿子们当头棒喝的提醒,当然也有父亲对儿子们最深层次的爱。

这篇小说里无疑有极强的批判意识，一位农民父亲为了让儿子当兵去送礼，竟然冻死在冰天雪地的河里，这场面让人震惊不已。

寒　冬

●文/陈永林

空中溢满寒风狰狞的微笑。光秃秃的树干冷得瑟瑟发抖，发出凄厉无助的鸣咽。空中铺满铅色的乌云，严密密地压在头顶上。

要下雪了。

我立在风中，脸被刀子样的风扎得生痛生痛。几个脚趾头好像断掉了，已感觉不到痛。

"爹，上岸吧，要不会冻坏的。"

父亲不搭理我。父亲仍摸他的鱼。父亲只穿了一条短裤衩。

"这些王八羔子都躲到哪儿去了？"父亲下湖快半个时辰了，可乌鱼一条也没摸到。在夏季，乌鱼很好弄。夏季，乌鱼怕热，总浮游在水面上，在鱼钩上放只青蛙或块面粉团，就立马能钓上乌鱼来。可在寒冬，乌鱼怕冷，藏在泥土里一动也不动，很难抓。即使人踩住它，它也动都不动，让人很难感觉到踩住它了。乌鱼鬼精。

湖水对湖岸怀着满腔仇恨似的，猛烈而凶狠地撞击着湖岸。我感觉到脚下的地在抖。我听见湖岸痛苦的呻吟。湖水一点也不同情，仍一次比一次凶狠地咬噬着湖岸。

父亲被湖浪冲了个趔趄，险些摔倒。

"爹，别摸鱼了，回家吧。"

"放你妈的屁，不摸到乌鱼，你狗日的能当成兵……"

父亲的声音打颤。

都是那狗日的村长！

听说在一些富饶的地方当兵很容易，可在我们这个穷山沟，想当兵的挤破头。每年冬季，都是亢奋而慌乱的季节。许多人都为当兵奔波。我们这些没考上大学的，如又想挣脱脚下这贫瘠的土地束缚，那只有当兵一条路。在部队考军校比地方上考大学要容易得多。如考不上军校，可学些技术，今后就不愁没饭吃。学不了技术，争取入党也行。入了党，可进村委会当干部，或者进乡办企业，入了党的军人也不愁没饭碗端。

我也往当兵这条狭窄的路上挤。

去年，我验中了，可乡武装部只分给我们村委会四个名额。我没争到。原因是我们想抓住鸡却又舍不得一把米。

今年，我验中后，父亲就忙活开了。

父亲拎了两条"红塔山"、两瓶"茅台"进了村支书的门。村支书见了烟酒，满口答应，又说："只是村委会不是我一个人说了算，还得让村长同意。村长同意了，我没二话。"

父亲又拎着鼓鼓囊囊的包进了村长家。

父亲对村长说明来意。

村长说："这事，我当然会帮忙。只是今年指标太少，只三个。而村里验中了的却十几个，能否去得成，我不敢打包票。但我尽力帮忙。"

父亲又把烟酒拿出来，村长不收。父亲说："你不收，就是看不起我，不想帮这个忙。""忙是要帮，但东西不能收。"两人争了很久，最后父亲执拗不过村长，把东西拎回家了。

父亲脸上阴阴的。

父亲说："村长死活不收东西，他不实心实意帮忙。唉！"

父亲心里急。

正巧，村长的女人得了一种妇科病，医生开了药，说要乌鱼做药引子才行。

父亲得知后，立马就下湖了。

父亲的身子开始抖了，"妈的，这……王八……躲……哪里……"父亲话都说不囫囵。

"爹，回家吧。这兵我不当了。"

我的泪掉下来了。

"闭……上……你……臭嘴。"

父亲仍摸他的鱼。

忽然，父亲笑了："哈哈，终于……抓……住……你……"

父亲双手举着一条三四斤重的乌鱼。

父亲上了岸，身子一个劲地抖。父亲的嘴唇已冻得乌黑，身上发紫，可父亲还笑着说："这回没白来。村长见了这鱼，准会动心的。你当兵有望了。"寒冬，乌鱼捕不着，鱼摊上根本见不到乌鱼。

回家的路上，碰见几个汉子。汉子们见我手里抓着乌鱼，都转回头走了。

我知道他们也是为村长抓乌鱼的。

回到家，母亲把一红本本给我，说："通知书刚下来了，过几天就走。"

父亲不识字，却端着"入伍通知书"看了许久。

父亲问："这通知书谁送来的。"

"村支书。"

"那你把这乌鱼剖了，红烧，多用香油，要煎得焦黄焦黄，村支书喜欢吃。"父亲对母亲吩咐后，又对我说，"你去买两瓶好酒来。"

"那这乌鱼不送村长了？"母亲问。

"不送。"父亲生硬地说，"娃能当兵，全是村支书帮的忙。这情我们得谢。"

酒买回来了，父亲就去请村支书。

父亲把脊背上的鱼块一个劲地往村支书碗里夹。村支书说："我自己来。"父亲说："多吃点，这东西冬天里吃了，补肾。"父亲又端起酒杯，说，"我在这敬你一杯，娃儿能当成兵，全靠你了，在此谢你了。"父亲一仰脖，一杯酒一口干了。

"林子能当成兵，也亏了村长帮忙，我一个人不行的。乡长在外县有一亲戚，想把户口转到我们村，占我们村一个指标，村长挡着，把这指标给了林子。"

父亲"啊"了一声，笑便僵在脸上，但片刻，又说："来，喝酒。"

父亲的声音一下没了筋骨、软绵绵的。父亲刚才兴奋得发红的脸也犹如门墙下的枯草，蔫蔫的。

外面开始下雪了。

吃完酒，父亲又出去了，母亲和我没在意，都没问父亲到哪里去。到吃晚饭时，我四处喊父亲，却没人应。母亲也慌了。后来，母亲说："他是不是给村长摸乌鱼去了？"我跑到湖边，岸上放着父亲的衣服，湖上却没父亲的影子。后来在离我们村二十几里的一个山脚下找到了父亲。父亲的身子已变得僵硬。

三天后，我穿着绿军装登上了火车。

雪纷纷扬扬下，满世界一片耀眼的白。

走出寒冬

赏析/安 勇

　　这篇小说里无疑有极强的批判意识,一位农民父亲为了让儿子当兵去送礼,竟然冻死在冰天雪地的河里,这场面让人震惊不已。我不想去过多地探讨这个社会问题,只想说说父亲对儿子的爱。父亲在寒冷的冬天,蹚着刺骨的河水抓乌鱼时,他其实更想抓住的是儿子的前程和希望。我猜想,父亲在河里捉鱼时肯定看到了,儿子已经穿上了军装、雄赳赳地走出村子,走向美好的生活。我想,正是这种对儿子未来的憧憬支撑着父亲,才让他两次走进寒冷的河水里吧!

一位在土地上劳作一生的父亲，一位勤劳朴实、甚至连信也要求别人代写的农民，用自己特有的方式表达着对在外工作的儿子的关心和爱护。

父亲的信

●文/孙盛起

　　和前几次一样，李星把父亲的来信看都没看就塞进了抽屉。

　　来这个远离家乡的小城工作已经快一年了，这期间，月月都会接到父亲的来信，偶尔一个月能接到两封。不过，所有的信，他只看过三封——前三封。

　　起初，他是怀着焦急的心情等待着父亲的来信的。毕竟父亲一个人在乡下料理那一亩三分地，孤苦伶仃又体弱多病，让他放心不下。第一封信他在收发室里就迫不及待地拆开来看。父亲不识字，一看就知道信是让邻居只上了三年小学就回家放羊的周二狗写的：

　　"儿子：你身体好吗？工作好吗？别担心我，我的身体还好，日子也还过得去。记住，别睡得太晚，别和别人打架，别跟头儿顶嘴。还有，晚上起夜要披上衣服，别着凉了。爹说过了，要是你在外面惹了祸，爹就打断你的腿。父字。"

　　这封信对他这个中专生来看，实在是短而无味，因此刚拿到信时的兴奋转瞬之间就化为失望。尽管他并没指望一辈子和黄土打交道的父亲能说出什么优雅的字句，但这封信也太过生硬，仿佛无话找话，让他丝毫感觉不到体贴和温暖。不过，他还是立刻写了回信（信中故意用了一些周二狗肯定不认识的字词），向父亲说了一些小城和自己的工作情况。毕竟父亲省吃俭用供自己读完了中专，他也因此才有了这份工作，对这一点他是十分感激的。

　　接到第二封信时，李星开始感到父亲很无聊，因为除了把"晚上起夜要披衣服"换成了"睡觉时不要开着窗户"外,其余和第一封信一字不差。这次他写回信就拖了几天。看完第三封信,他紧皱着眉头,脸上甚至流露出讥嘲的神情。如他所料,这封信和上一封的不同之处,只是将"睡觉时不要开着窗户"改成了"把蚊帐挂上,有蚊子了"。他终于决定以后不再写回信。当然,他并不是为了节省八毛钱的邮票,甚至也不仅仅因为面对如此简单粗陋的来信觉得实在无话可说,而是这其中还有一个小秘密——信的末尾,有一行写上又划掉的话,他经过仔细辨认,看出那是"我知道你手头紧,爹也过得紧巴巴"。这再清楚不过了:父亲想向他要钱,可是考虑到他才工作不久,觉得不妥,所以让周二狗把那句话划掉了。对此他的心中顿生怨言:乡下没有多少花钱的地方,即使日子过得紧张,将就一下也就过去了。可这里不行,同事间的应酬自然免不了,自己也不能吃穿太寒酸,更何况他现在正向打字员顾芳献殷勤,上次请她吃饭一家伙就花去了他半个月的工资,因此自己月底还对着瘪口袋发愁呢,哪还有多余的钱往家里寄呢?当然,这些话是不能对父亲说的,说了他也不会理解。而且,父亲这次把这句话划掉了,没准儿下次就真会写上,到那时,他真的不知道该如何是好。思前想后,觉得最好的办法就是既不写回信,也不看信,这样眼不见心不烦,落得个清静。

如今他的抽屉里已经有十几封没有拆看的父亲的来信。

他洗完手,擦完脸,对着镜子把头发梳理整齐。宿舍里的人都到食堂打饭去了,整幢楼显得很安静。今晚他约好了顾芳到外面吃饭,因此在宿舍等她打扮好了来叫他。

有人敲门。他兴高采烈地开门,却见不是顾芳,而是同乡郭立。

"你爸给我来了一封信,问你出了什么事?为什么给你写了那么多信你一封信也没回?真不明白,你怎么不写回信?唉,老人家一个人在家里……"

郭立冷冷地说着,不等他开口问,就狠瞪了他几眼,扭头走了。

这可真让人扫兴。他愤愤地坐到床上,深怪父亲竟然给别人写信打听他的消息。稍一思索,他的嘴角就不禁露出一丝冷笑:不就是为了钱吗?写信来要钱,见没有结果,急了。哼!看他找什么理由要钱!——他这样想着,就拉开抽屉,拿起刚收到的那封信,狠狠地将信皮撕开。

当他将信纸抽出并抖开时,一张五元的纸币轻轻飘落到地上!

他的心一惊,连忙看信的内容,见信的末尾清楚地写着:"我儿,我知道你手头紧,爹也过得紧巴巴,所以别怪爹邮的钱少。"

他发疯似的把抽屉里的信一一拆开。每一封信里都夹着一张五元的纸币,而信的末尾都写着那句同样的话。

无价的爱

赏析／安　勇

　　一位在土地上劳作一生的父亲，一位勤劳朴实连信也要求别人代写的农民，用自己特有的方式表达着对在外工作的儿子的关心和爱护。令人心酸的是，儿子在面对父亲的信时，却产生了误解，把那份关心，轻易地丢在一旁，连看也不愿看上一眼。等到父亲得不到儿子的消息，不得不把信写给儿子的同事，儿子也终于发现了父亲信里的秘密时，儿子才恍然大悟，原来在信中说自己也过得紧巴巴的父亲，并不是打算向他要钱，而是竭尽所能地挤出钱来，寄给儿子。一方是害怕被索取，一方是默默地付出，这两种不同的情感，也许就是父亲和儿子最大的区别吧。父亲永远想着的是自己的儿子，哪怕他帮助的方式只是在每封信里夹寄的区区五元钱，但那份爱却是无价的。

读过这篇小说后，我恍然明白，原来世界上有一种父爱，它不需要说话，只要无言的倾听就足够了。

懂　　你

●文/艾　殊

父亲寡言。

每天在饭桌上，我总是说个不停，一个人唧唧喳喳地说个不停。父亲永远是一个造型——静默地、机械地夹菜，扒饭，咀嚼，吞咽，从不说话。

我想他大概也不会听我说话吧，要不然，他怎么会如此机械呢？自始至终连看也不看我一眼！我感到有种莫名的悲哀，是什么呢？

我的话也渐渐少了，即使偶尔说几句也是干巴巴的，不带半点色彩。说了没人听，不如不浪费那份感情。父亲自然是没有反应的，至少我这么认为。他是那样的机械。

有一天，我至少变得和父亲一样：机械地、静默地夹菜，扒饭，咀嚼，吞咽，不说话。但，我依旧偷偷地看着父亲。

他的动作缓了下来，没停。

他的眉头皱了起来。

他放下筷子抬起头来。

他静静地看着我，吃惊、疑惑、不安写满了他的眸子。他的唇张了几下，却没有一个字从他唇边滑落。他的喉结抖了几抖，嘴唇努力张了几下。终于挤出了一句话："你怎么不说话了？"

我保持沉默，倔强地保持沉默。

他有些急了，眉锁得更紧了："你怎么了，怎么不说学校的情况？不说那个姚明和苏有朋了？"

我呆住了，我的父亲啊！

他说："爸嘴笨，不会说。但爸会听，每天你在饭桌上唧唧喳喳说东西时，爸用心在听，都在想：'多好啊，我有这么一个能说会道的女儿！'你的喜怒哀乐我都能从中体会,可你,为什么不肯多说话了呢?"

　　我的眼泪像决了堤的洪水,一下子涌了出来。我的父亲啊,一直以来你都在倾听我成长的声音。你了解我的一切,可让我如何去懂您?

　　我扑进父亲的怀抱,倾听着他的心。父亲啊,我在倾听中了解你、懂您!

不需言语的父爱

赏析／安　勇

　　虽然父亲讷于言语,平时极少说话,但看似不经意间,却一直在留心着自己的女儿,一直用耳朵倾听着女儿成长的过程。尽管父亲对女儿的话没有表示什么,却在女儿的诉说中悄悄分享着女儿的快乐,当然也会为女儿的忧愁而担心。女儿每一点成绩,每一分收获,无不在父亲的心中激起一道欣喜的涟漪。当女儿因为父亲对她的沉默,负气无言时,父亲便分外担心,以为女儿出了什么问题。这时,不善言辞的父亲忍不住发出了关心的询问。女儿至此才明白,原来她的每一句话都已经流进了父亲的心田里,成了父亲心头的甘泉。读过这篇小说后,我恍然明白,原来世界上有一种父爱,它不需要说话,只要无言的倾听就足够了。

我更愿意把儿子寄错的那封情书，看成是一把神奇的钥匙，它在无意之中，开启了隔在父子之间多年的那道铁门。

错寄情书给父亲

●文/贺双龙

那年，我在远方城市的一所大学读书。

一个有雪的冬天，我对同校的一个漂亮女孩一见钟情。我们不同年级，见面的机会也就很少，我甚至于连她的名字也不知道，但是我实在很喜欢她，于是我决定写信给她，以此来表达我对她的一往情深万般牵挂。

你好：

真不知道该怎么称呼你才能表达我的一片心意。冬天的雪很大，天气很冷，请原谅我没有送你一束美丽的花或者一条暖和的围巾。你似乎离我太遥远了，我们难得相见，即使见面，你也很少注意我，而且从不跟我说话。也许你从来没有给我留一个位置，也许命中注定我们只能一生都陌生着吧？即使如此，我也永远不会怪你。我只有一个小小的请求：这个周末让我见到你好吗？我夜以继日地想你啊！

最想亲近你的人于星期二深夜

信写得很短，但是真挚可见。因为不知道她的名字，也就省了。写完信已经是深夜，我匆匆忙忙地把信塞进一个信封里，就开始蒙头大睡。第二天起床，寝室长告诉我，他捎带把我桌上的那封信投到邮筒里去了。

"可是我没有写地址呀！"我惊呼。

"写了地址，我只是帮你贴了一张邮票而已。"

天哪，那封情书，被投到谁家的书桌上了？我的桌子那么乱，根本就记不起那个信封上写的是谁的地址了。

　　周末的下午,我正在图书馆看书,同学来喊我,说是我父亲来看我了。我父亲会来看我?这不可能啊!父亲年轻时好赌,把家底输得精光,最后把母亲气得一病不起。记得母亲去世前嘱咐我,如果父亲不戒赌,就不要认他。但是父亲没有听从母亲的遗愿,依然嗜赌成性,若没有亲友的资助,我是不可能考上大学的。所以我一直痛恨父亲。除了写信索要生活费,我几乎不与他有任何其他联系。

　　回到宿舍,真的看见父亲坐在我的床边,吧嗒吧嗒抽着烟。我不想见他,正要往回走,寝室长叫住了我。我怕在同学面前难堪,只好硬着头皮进了房。父亲也不作声,只是嘿嘿地笑,很不好意思的样子。

　　"老伯,喝杯热茶吧。"寝室长热情地招呼父亲,"这么冷的大雪天,您一路辛苦了。"

　　"不辛苦,不辛苦!我接到信就赶来了。"

　　信?什么信?我没有给这个不争气的父亲写过信啊?我疑惑地望了父亲一眼,却分明看到他脸上布满沧桑,稀疏的头发里夹杂着丝丝白发。这个当年的浪荡公子如今也老了。

　　父亲从内衣口袋里掏出一封信,晃了一下又收了进去。

　　"啊……"我明白了,顿时羞得满脸通红,差点失声大叫:那不是我那寄错的情书吗?一定是那天晚上我晕了头,把它塞进了以前就写好准备向父亲要钱的信封,但是我不能说出来。

　　"龙仔——"父亲叫我,竟然用的是我的乳名,"我接到信就匆匆忙忙赶来,今天正好是周末……"

　　"龙仔,我对不起你……我该死!"父亲已经哭出声来了,我也想哭。

　　"龙仔,你能写信原谅我,我真高兴!"父亲走过来握住了我的手。

　　"爸爸——"我还能拒绝如此让人心醉又心痛的亲情吗?我扑进父亲的怀里。父子两人抱头痛哭。

　　那封寄错的情书,就这样轻易地融化了那场大雪,也融化了横亘在我和父亲之间的坚冰。父亲后来开始正正当当地做生意,赚的钱也没有拿去赌博,而是积下来买了一套房子。我毕业了,又参加了工作,一直跟父亲住在一起,我们过着父爱子敬的日子。

　　然而,我还是不敢跟父亲说明那封情书的真相。有几次我向父亲讨要那封信,却遭到断然拒绝。父亲说,他要一辈子珍藏着那封信。

因错产生的至爱

赏析／安　勇

　　我更愿意把儿子寄错的那封情书,看成是一把神奇的钥匙,它在无意之中,开启了隔在父子之间多年的那道铁门;我也愿意把那封情书看成是一只手,伸出去时只是一只,收回来时,成了一双,因为父亲和儿子的手已经紧紧握在了一起;我也愿意把那封信看成是洪水过后,鸽子带回来的橄榄枝,它预示着父子之间的和解和冰释。甚至这封信还是一剂良药,它轻易就治好了父亲的恶习。这封错寄的情书告诉我们一个道理:这世间有很多东西也许并不像我们想的那样,也许在我们的心里对一些事物还存在误解,只要我们能够主动去尝试,就会给别人、给自己、给亲情一个机会。

这种种的努力,都是他发自内心的一种救赎,是来自博大父爱的忏悔,也是父亲向儿子伸出的一只和解的手。

父亲的泪

● 文／邓洪卫

那天下午,父亲将场上的花生翻了一遍,回到屋里,戴上眼镜,翻看昨天的晚报。

几个村干部就在这时候像泥鳅一样滑了进来。

为首的那个人干咳一声,邓老师,您又看报呀?

父亲的目光从报纸上移开,看清楚说话的是村支书吴美德。父亲说,是吴支书呀——话悬在空中,却不知说什么好,只好也咳嗽一声,啊,看报。

父亲取下眼镜,扫视屋里站成一圈的大小村干部,问,有事?

吴支书说,主要是来看看您,顺便说一说一品的事。

一品就是我哥,我父亲的大儿子。

吴支书说,一品欠提留款二百块钱,已经近一年了,我们做了大量工作,做不通呀。

吸了一口烟,接着说,村里已经研究了,要请派出所来执法。我是您学生,一品就是我的弟弟,我不能看着他吃亏呀,所以,我想请您劝劝他。父亲叹了口气,说,小吴呀,你也知道我们家的事,一品把我当作仇人呀!

大哥确实把父亲当作"仇人"。父亲跟大哥的"仇",是在大哥第二次高考落榜的那个夏天结下的。

我清楚地记得,那天晚上,我们家屋里弥漫着浓浓的猪爪子香味。父亲、大哥和我,每人的碗里都有一截肥肥的猪爪子。

就在我和我哥啃得满嘴冒油的时候,父亲却将属于他的猪爪子夹到大哥的碗里,然后,他用商量的口气对大哥说,你看,明年是不是就别考了,让二品考吧。二品成绩不错,能行。等二品念成了,我再缓出空儿来,让你学个手艺。

大哥像被骨头卡住一样,顿在那里。好一会儿,我听到"啪"的一声响。那是大哥把碗砸了，那截猪爪子也滚落在地。大哥起身，回屋，甩上房门。父亲站在大哥的门前，张了半天嘴，终于转过身，将那截沾上泥的猪爪子捡起放在桌上。打那时起，父亲再也没吃过猪爪子。

第二天，大哥就离家去了南方。大哥到南方并没混出多少名堂来，最大的收获就是混回来我嫂子。大哥盖瓦房的那年，父亲曾送去两千块钱，被大哥冷脸推了回来。大哥说，我们是仇人，我就是要饭也不会要到你的门上去！

果然，十几年，大哥再也没跟父亲说一句话。这十几年，我们家也起了很大变化。我没有辜负父亲的期望，上了大学，还混成个作家，隔三差五在地方晚报上挤一个豆腐丁。于是，每天，在晚报上苦苦寻找我的豆腐丁成了退休后的父亲的一大乐事。这几年，父亲的日子好过了，手头也小有积蓄。父亲经常对我说，如果在十年前有这个样子，你哥就不会这样待我了。

可是，毕竟，十年前没这个样子呀。

当父亲从伤痛的记忆中回到现实时，吴支书已经站起来，他说，好，就这样吧。

几个村干部像泥鳅一样滑出窄小的屋门，滑到空阔的院场上。他们都没有立即离开，而是同时仰脸看天。他们的脸上像抹上一层脂膏，泛着油亮的光泽。不知谁踩着了花生，发出了一种清脆的声音。这时，他们听到屋里传出来父亲急急的声音：吴支书，你等一下。他们同时扭过脸。他们看到父亲从里屋出来，将一个纸包放在了吴支书的手上。吴支书接过来，握住父亲的手说，邓老师，您是个好人呀，一品会理解您的。这话是阳光，父亲的心像场上的花生一样，暖和起来。

只是父亲心里的暖意并没有持续多久。第二天，父亲到小街去卖黄豆，回来的时候遇到了我嫂子。嫂子跟我大哥一样，几乎不跟父亲说话。但那天，很意外，嫂子说话了。嫂子说，你上了那帮狗日的当了。见父亲皱着眉头茫然不解，嫂子说，一品曾给村里白耍了两年笔杆子，应该得八百块钱，可村里到现在一分钱没给。他们赖，我们凭什么不能赖。

嫂子还说，你教了几十年书，都教哪儿去了？

父亲愣住了，父亲倒没有去计较嫂子那不合身份的语气。父亲真的没想到事情会是这样。

旋即，父亲果断地回转身，拎着空口袋向小街上的村部走去。直到下午，父亲才回来，据说是吴支书留他喝了酒。父亲不顾多年的胃病，喝了几杯。父亲对我嫂子说，他们答应了，欠一品的工资一分不会少。嫂子从鼻子里"哼"了一声，很不屑地说，那帮狗日的，没一个说话算话的！除非太阳从西边出来！

但太阳真从西边出来了。当天晚上，村会计就将八百块钱送到了大哥的手里。

大哥和大嫂都有点发晕,他们都没有注意到村会计始终挂在脸上的那诡秘的笑意。

一连好几天,大哥和大嫂都处在一种晕晕乎乎的状态。

可是,村里又有了一种传言,说那八百块钱工资,其实是父亲垫上去的。为此,父亲还请在场的村干部们喝了一场酒,让他们保守秘密。村干部们也都当众拍了胸脯。

有人向父亲提起这事,父亲瞪眼说,我怎么能做这样的傻事!可是心里却骂,这帮狗日的,果然说话不算话。

几天后的一个中午,快到十二点钟了,父亲到小街上赶集回来,路过大哥家。从大哥家飘来浓浓的肉香味,那是熟悉的焄猪爪子的香味。父亲忍不住深深吸了一口气,眼里泪花闪烁……

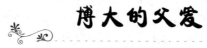

博大的父爱

赏析/安 勇

我猜想,这篇小说里的父亲,多年来一定无时无刻不在为自己当年的决定而惶恐不安,甚至他还会想像,如果当年不让儿子辍学,自己的儿子会有一番截然不同的人生。尽管当时的决定父亲也是逼不得已,但这份对儿子的愧疚,还是像一块大石头一样,重重地压在父亲心头。父亲不计较儿子和媳妇对他的态度,不惜用自己的钱替儿子交欠款,甚至和村干部"合谋",又另外拿出钱来给儿子付工资。这种种的努力,都是他发自内心的一种救赎,是来自博大父爱的忏悔,也是父亲向儿子伸出的一只和解的手。

温暖我一生的冰火

感动系列

85

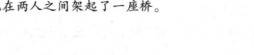

一份爸爸做出的香肠蛋饼竟然奇迹般地拉近了女儿和爸爸恋人的距离,香肠蛋饼神奇地在两人之间架起了一座桥。

爸爸的恋人

●文/[日]森瑶子　译/胡　澎

"星期五晚上有空儿吗?"爸爸从晨报上抬起眼来询问。

"现在看来不会有什么事。"我一边狼吞虎咽地用叉子吃着爸爸特为我做的香肠蛋饼一边回答。自从称赞过爸爸做的香肠蛋饼好吃以来,每天早上,爸爸都特意为我做。其实,对我来说,有水果和牛奶的早餐就足够了。

但是,一天中只有在早上,才能和忙碌的爸爸见上一面,爸爸在这段时间里兼任父亲和母亲双重角色。

如果想让爸爸高兴,很简单,那就是将味道稍淡又稍油腻的香肠蛋饼,连说好吃好吃一扫而光。这也是维系父女二人的家庭美满幸福的一个秘诀。

"那么,一起吃晚饭吧。"爸爸若无其事地说,视线又回到晨报上,我心里闪过一丝疑问:"就我和爸爸两人吗?"

"嗯?"爸爸装作没有听见似的来拖延时间。不出所料……我放下叉子,小声问道:"和谁一起? 是女人吧。"

父亲沉默着收起报纸,直视着我回答说:"是的,和一个女人一起,不介意吧。"

"你早就计划好的吧。"

我的声音里有一种蛮不讲理的冷酷,父亲一时间沉默地注视着自己的手。

"我很想让你见见她。"父亲用非常沉稳的语调说。

"为什么?"我实在憋不住,边收拾饭桌边毫不客气地道。

"不管怎么说先见见再说吧,她人很好。"父亲避开了我的问话。

"也就是说你准备结婚了?"我打开水管里的热水,装做无所谓似的问道。

"对,不过是早晚的事。……但在此之前,我想让她和你……"

我打断父亲的话说:"结婚! 那不是挺好的吗?"我差点儿把盘子掉在洗碗池里。

"我希望你能喜欢她。"父亲的表情看上去有点尴尬。

"怎么可能喜欢呢？"我突然脱口而出。

"见都没见，你怎么知道不可能喜欢。"父亲似乎有些伤感。

"反正我知道，我只有一个妈妈。"

爸爸完全陷入了沉默。我觉得自己语气渐渐变得尖酸刻薄起来："还不到一年半，妈妈就被遗忘了啊！"

一刹那，我恨死自己了。都已经二十一岁了，说话却像十二三岁的小姑娘一样不考虑后果。

"你担心的……"父亲说道，以一副异常平静的声调，"并不是妈妈被遗忘了，你怕我结婚后会冷淡你，不是吗？"

这回轮到我沉默了。正用温水冲洗的盘子已经用洗洁精洗了十几遍了。

"你不管到什么时候都是我女儿。这一点永远不会变。"父亲又加了一句："即便你活到六十岁。"

我的眼前浮现出自己六十岁的样子。那时候大概也会像现在一样绷着脸朝八十九岁的父亲撒气吧。想到这儿，我突然"扑哧"一声笑了出来，父亲也笑了。

这一笑使心情为之一变。

"对不起，我把妈妈抬出来当挡箭牌不公平。"

我心里最清楚爸爸有多爱妈妈。自从妈妈去世后，父亲那看不见的伤口似乎一直都在淌血。

父亲很寂寞，那巨大的空虚是女儿所无法安慰和填补的。虽然我也很寂寞，但如果说我和父亲谁更空虚，显然是父亲了。能这样想，也就意味着我成熟了，既然这样，就得像个大人似的去做。我答应了周五的晚餐。

那天晚上，父亲比我还要紧张。看到父亲那么紧张，我便知道这位女性对父亲来说已变得相当重要。想到这儿，又不禁有些怅然。祝愿着父亲能够找到幸福，同时，心又渐渐浸透凉意。一瞬间，对这个将爸爸从我和妈妈身边夺走的女人产生一股恨意。

忽然，一阵儿香水味儿飘了过来。

那是一抹温柔的令人怀念的香味儿。一位满面含笑的女士走了过来。父亲连忙起身相迎。

"听说你爸爸每天都给你做香肠蛋饼？"突然那香水味儿柔柔的甜甜的声音说道，"其实，我也偶尔被款待品尝呢。"

她眨眨眼笑了笑，那是一种心照不宣的亲密的眼神："听说你从没说过一句挑剔的话,我想你是个善解人意的好女儿。"

她一定是位职业妇女。她以一种洒脱的姿势在我们面前坐了下来。

"你说过他做得不好吃吗?"我反问道。心里的焦躁已经平息了。

"没有,从没说过。"

"为什么?"

"要是夺走他这一乐趣,他不是太可怜了吗?"

爸爸做得糟糕的香肠蛋饼,使我和她迅速地接近了。

"你用的香水是'阿佩琼'牌子的吧?"我问道。

"哎呀,你真在行。"

她的面颊闪烁出光彩,我没有告诉她这是我母亲生前所喜欢用的香水。

神奇的蛋饼

赏析／安　勇

　　面对爸爸的新恋人时,女儿的心情是无比矛盾的,她忘不了自己去世的母亲,对爸爸的恋人有抵触情绪,但她也不想让爸爸孤孤单单地度过余生。而爸爸的心情也诚惶诚恐,生怕因为自己的恋人,伤害女儿的情感。在这种微妙的心理面前,一份爸爸做出的香肠蛋饼竟然奇迹般地拉近了女儿和爸爸恋人的距离,香肠蛋饼神奇地在两人之间架起了一座桥。因为香肠蛋饼让她们一下子明白了:不管是女儿还是爸爸的恋人,她们都爱着那位失去妻子的男人,正是因为爱,所以她们才能心甘情愿地吃下他做得不合格的早餐,而且还会夸张地连声说"好吃,好吃"。有了香肠蛋饼,有了这种不言自明的爱,可以想像,他们三个人以后的日子,一定也会过得非常幸福和快乐。

你很重要

温暖我一生的冰灯

假若苍天有灵,再给我一个父亲节,我只求同往年一样,与父亲饮餐茶,聊聊天。如果这个请求太过分,再省一点,让我拥着老父,只说一句——爸,父亲节快乐!足矣。

它让人明白，世间远非仅有龌龊的交易，还有一种感人的真情。

捡垃圾的老头和发廊女

●文／张洪华

近日华容街那家"夜来香"发廊又开张了。不过换了个主儿，是一个俏丽清纯、楚楚动人的乡下妹，叫刘菊芳。发廊的名字改成了"清纯妹"。

不过，"清纯妹"发廊左邻右舍的人，甚至过路的人，都鄙夷不屑地说："什么清纯妹，还不是拉客卖那肉体的！"原来，"夜来香"的那个主人是个妖艳女人，性格十分放荡。据说有一晚一位五十多岁的老头找上门，她都愿意做肉体买卖，说了句传出去让人"哧哧"发笑的话："你回去洗干净一点儿再来！"后来，此妖艳女被公安局收进去了，空下的房子就被这个叫刘菊芳的女孩租来又开发廊了。这怎不叫人猜疑，再说现在许多女人开的发廊都名声不好。

说来也怪，爱情这东西就是说不清也道不明。自来水厂李辉的儿子李永竟然就对刘菊芳一见钟情。照说，李永长得浓眉大眼、英俊潇洒，一个月工资八九百，要人品有人品，要条件有条件，啥俏丽女孩找不到，他却偏偏爱上了一个如今名声不太好的发廊女孩。

李辉对儿子李永说也说过："嗯，你怎么这么没脑子，去爱一个发廊女，你不怕染病！"李永却暴喝一声："你不懂爱情！"李辉对儿子打也打过，边打边骂："我打死你这个王八羔子！"可李永还是往发廊跑，甚至上班时间听人说有吊儿郎当的人去"清纯妹"发廊，他也跑去照看着，怕刘菊芳受引诱与别人发生不正当的关系，坐在那儿他就机警地狠狠地盯着人家。甚至他都与别人发生了冲突，刘菊芳却不领情，说："关你什么事，管得宽！"李永一时气走了，刘菊芳便嘤嘤地哭。可一会儿李永又去了"清纯妹"发廊，刘菊芳又冷脸相对，他还能默默地坐下去。

这几日出了个奇事，一个老头竟然背着被絮床单之类床上用品，在"清纯妹"门口外的左边大石条上铺开，就这样露宿街头了。这老头还不时转到"清纯妹"发廊门口去张望。四周的人都暗暗骂道："这个老不正经的东西，也想老牛吃嫩草！"

还有人叹道:"这世道咋说呀!"不断地摇头慨叹。

更令人咋舌的是,这个老头竟然是靠捡垃圾为生的。人们就更加摇头了:"唉,什么世道,这老头为了邪欲,竟然可以霸占在发廊门口,只怕捡了几个钱,晚上就可以进去玩一会儿!"也有人叹息:"唉,什么世道,捡垃圾的老头也想着嫖女人。"

有一天,李永终于与老头发生了冲突,李永大骂:"你这个老不要脸的,你朝里面张望什么!"老头竟然从石条下抽出一条铁铲,要砸李永,吼叫着让他今后再别进发廊去。李永捡了一块砖块,差点真的和老头打起来。幸亏,李辉及时赶到,才算把李永强行拉走。这下议论纷纷了,都说李永这伢子中了爱情的毒,竟然和一个破老头子争风吃醋。可李永还往发廊里照去不误。他的父母都无奈地叹息,直摇头说:"就当没生养这个孩子。"

说来这老头子也是"瘾"蛮大的。天气渐渐变冷了,冬天已来临,行人都冻得脸发红。这老头子竟然也不卷起铺盖去找一个暖和的地方,还是露天坐着。冷风阵阵吹来,他都冻得脸发紫了,他还是坐在那儿。有人笑话他,比守在边疆风雪中的战士还坚强。一日下起了雨,风雨交加中,老头冻得瑟瑟发抖,牙齿打咯咯,他也不走。这下人们又摇头叹息且怜悯了,这死老头子是何苦呢,为了那一会儿的快活,连老命都不要了,在这里受冻。

不久,又传言深更半夜,刘菊芳竟拉老头子进去吃肉炖藕。还有一晚,路上几乎没有行人时,外面冷风冷雨的,刘菊芳竟然把他往发廊中拉。一些好事的人便议论开了,难道这老头与这乡下女玩出感情来了不成?也说不定吧,老头老练,知寒知暖,打动了她的芳心。

这下受不了的是李永了,他疯了似的在发廊门口大骂老头不要脸,还揪着老头要打。

这时,脸早已涨得通红的刘菊芳打了李永一耳光,一语惊人地说:"要你扯屁蛋,他是我爸!"

李永一时愣住了,醒悟过来时,不禁发笑,捂着被打得发热的脸开心地憨笑了。

捡垃圾的老头竟然是刘菊芳的爸爸。这下四下哗然了。很快人们弄清真相了。原来,刘菊芳原本和爸爸刘昭全在乡下种田。刘菊芳平素有剃头的手艺,在乡下替几个村的人理发,剃头的手艺堪称一绝,无人不一坐在椅子就闭上眼睛,满脸惬意地细细享受那种舒坦,人们都说她要进城理发,肯定发了。后来,她想到城里来见见世面,也好多赚点钱,便来开发廊。其实他爸爸早听说城里一些发廊妹名声不好,便一直阻拦她进城。可刘菊芳是个倔妹子,要做的事谁也拦不住,她才不管流言蜚语呢。他爸爸无奈,但爱女心切,偏要示范给女儿看,进城也可以,但不可以堕落,捡垃圾一样可以生活。但他坚决不准她喊自己爸,开发廊实在丢人现眼啦。因此他也不肯进发廊。父女俩一直较着劲儿哩。这下人们恍然大悟了,原来冷风冷雨的,他也不走,是怕女儿一失足成千古恨呀! 可怜天下父母心。原来,晚上深更半夜刘菊芳拉老头进屋,是担心自己的爸爸。人们感慨万千地说:"父女情深啦,都是发廊的恶名惹的祸。"

很快,刘菊芳与李辉的儿子李永结婚了。据说先前捡垃圾的老头刘昭全婚前就认下这个女婿,曾笑呵呵地对刘菊芳说:"女儿,那天我故意假装要用铁铲砸他,试试他,吓吓他,他还是不怕死要来,他对你是真心的,人又憨实,他做你丈夫可得!"

坚 守

赏析/安 勇

如今,在世人的眼里,提起发廊和发廊女都会觉得有几分色情或者暧昧。哪怕此发廊并非彼发廊,此女也并非彼女,但还是会引起人们的浮想联翩。两个男人在遭人非议的发廊前面,却演出了人间最真情的一幕戏剧。他们俩都在做一种坚守、都在替所爱的人看门。一个是出于父亲对女儿的爱,他不惜露宿街头,在寒风冷雨中瑟瑟发抖,但也要帮女儿守住道德和贞洁的底线;一个是出于爱情,不惜遭受世人的冷眼和嘲讽,甚至是和别的男人怒目相向,也要坚守住自己的爱人。相信当人们了解了个中缘由后,都会为两个男人的行为所深深感动的。它让人明白,世间远非仅有龌龊的交易,还有一种感人的真情。

有了这种爱,母亲才会支持丈夫的行动;有了这种爱,那朵假冒的蓝玫瑰才会变得价值连城。

蓝玫瑰的秘密

● 编译/斯　蔚

父亲出身于一个古老的工艺世家,几十年里从事名贵首饰设计。他是业内的大师级人物,曾创作过无数绝佳的首饰作品。不过,他自己最骄傲、最津津乐道的却是那个独一无二的蓝玫瑰。

蓝玫瑰绝对是个杰作:最上等的海水蓝水晶质地,手工制成的一枚玫瑰胸针,有大小不等的三十六片玫瑰花瓣,而且每片花瓣又都有三十六个精致的切面。那可真是巧夺天工的设计,因为这种切面,所有花瓣就能从不同角度折射出不同层次的光泽,从而使整朵玫瑰绽放出璀璨的蓝色华彩。

几十年来,蓝玫瑰的图片作为传世精品被收入各类书籍图册。世界上的首饰潮流变了又变,但那朵独一无二的蓝玫瑰却是媒体经久的话题,让人难以忘怀。

父亲年纪轻轻就小有名气。但在蓝玫瑰之前,他一直承袭家传风范,而那之后,他终于开拓出自我风格,并以蓝玫瑰作为标志建立了自己的品牌公司。

蓝玫瑰是世人皆知的荣耀,可不知为何,在我们家,所有孩子却从小到大无缘亲见。我们知道,它是父亲赠给母亲的结婚礼物,可是,翻遍了家里的老相册,而惟独没有那独一无二的蓝玫瑰。

每年父母的结婚纪念日,全家都要汇聚一堂。那时,父亲会穿上合体的礼服,而母亲更是打扮光鲜。而我们除了庆贺,还巴望着能目睹独一无二的蓝玫瑰。而每一次,在那种特别的日子,母亲胸前佩戴的饰物总是别的什么东西。

好多次,我们忍不住提及那独一无二的蓝玫瑰,父母总是用一种敷衍的口气说:"别急,别急,以后总会有机会的。"

父亲六十八岁那年因心脏病病逝了,他走得很突然。但是第二天,当律师对我们宣读父亲几年前就拟好的一份遗嘱时,我们惊诧了,因为父亲竟要求将那独一无二的蓝玫瑰作为陪葬。

温暖我一生的冰灯

感动系列

这是为什么呢？葬礼的前夜，一个千里迢迢来自南美的青年找上门来。这个不速之客拿出一个首饰盒，说自己是受双亲之托赶来给父亲送陪葬品的。

年轻人打开首饰盒，我们便看见了自己做梦都想看见的东西——那独一无二的蓝玫瑰。一时间我觉得自己简直就傻了，我的哥哥姐姐也一样傻了。

那蓝玫瑰在灯光下闪烁着夺目光彩，别致的造型、精妙的工艺，还有镌刻在白金别针后面的父亲的名字，都说明这绝对不会是赝品。可既然真的在这里，那么母亲那里的又是什么呢？

我们带那个年轻人来到母亲的房间，她从梳妆柜里层拿出一个首饰盒，打开来，居然也是一朵蓝玫瑰。

乍看上去，两束蓝玫瑰几乎完全相同。但当我将它们放到台灯下仔细比较后，吃惊地对母亲说："爸爸送您的这朵蓝玫瑰是用普通锆石做的。上等的海水蓝水晶本身是无色的，但能放射出美丽的淡蓝色光泽；而这种锆石本身就是淡蓝色，爸爸倒是花了不少功夫，使每个花瓣的切面向内凹，这样，反射的光线冲淡了石体本来的颜色，有以假乱真的效果。"母亲若有所思地凑近前端详着，有些欣慰地望望我们道："看来你们可以好好继承父亲的事业了。"

我们面面相觑，怪不得父亲一直不愿让我们亲眼看看这独一无二的蓝玫瑰呢！望着这么多年对爸爸深信不疑的妈妈，我有些感伤地说："这根本不是独一无二的蓝玫瑰，原来爸爸一直都在用一朵假玫瑰骗您，妈妈。"

"不，孩子，你们的父亲从没骗过我。独一无二的蓝玫瑰是你们父亲事业上的一个里程碑，作为对事业成功的分享，他决定送给我作为结婚礼物。可在结婚前，有个朋友拿着一块锆石来找你们的父亲。那朋友出身贫寒，却爱上一个富家女孩。女孩的家人为了阻止婚事，强设障碍出了一个大难题：用独一无二的蓝玫瑰作订婚礼。那是一个穷小子能买得起的东西吗？于是他求你们爸爸用锆石做一个一模一样的替代品。"

"你们的父亲是个讲究诚信的人，他不愿用一个仿制品骗人，但是他也不愿看着朋友失去爱情。思来想去，最后他把真正独一无二的蓝玫瑰赠给了朋友，而把锆石的仿制品留给了我。几十年里，我们没有让这朵仿制的蓝玫瑰见过天日。而且如果没有今天发生的事，它将随着你们的父亲永远埋葬。"

一直聆听讲述的那个年轻人恍然了，他不觉喃喃道："原来，爸爸想用一块锆石欺骗我妈妈啊。"母亲眨眨眼睛问："难道他们的婚姻不幸福吗？"

年轻人摇摇头，从钱夹里掏出一张全家福的照片，中央的一对夫妇亲密依偎，周围环绕着四五个儿女。

　　母亲一看就笑了,她意味深长地对他说:"看来我丈夫的选择没有错,独一无二的蓝玫瑰果然成就了一对情侣的美满婚姻。"然后她又转向我们道,"这个仿制品包含有你们的父亲对朋友的慷慨帮助,有他职业的诚实和道德,有他的智慧,当然,还有他对我的爱——在我眼里,它就是独一无二的蓝玫瑰。"

　　妈妈摊开手掌,虽然,仿制的蓝玫瑰闪耀着不那么明丽的光彩,但我们懂了,它的确是独一无二的蓝玫瑰。

珍　藏

赏析/安　勇

　　母亲收藏多年、秘不示人,甚至连孩子们也难得见到的绝世奇珍——蓝玫瑰胸针,原来却是一件仿制的假货。当孩子们终于知道了这个秘密后,都认为是父亲欺骗了母亲。没想到母亲却说出一个在心里埋藏多年的秘密。这篇小说让我们对什么是珍宝有了一个新的审视和评价。读过这篇小说后,我们肯定会问,什么才是无价的珍宝呢?父亲当年的做法已经替我们回答了这个问题——朋友之间的友情、职业上的诚信这些都是无价的珍宝。而收藏假珍宝的母亲,无疑又在珍宝的概念上加上了一层更重的含义——这就是对人的爱。有了这种爱,母亲才会支持丈夫的行动;有了这种爱,那朵假冒的蓝玫瑰才会变得价值连城。

这时的父亲在读者心中的形象又有了一次升华，他不再是个等着捉贼的执法者，而是一个充满了同情心、善良的老人。

父亲的守候

●文/魏永贵

儿子在城里买了大房子又装修好了，就催着乡下的父亲来城里享受一阵儿。几个电话打回去，父亲说，行，等我把地里那只贪嘴儿的鼠贼子逮住了就来。

父亲是个认真的人。

父亲在秋天种了一亩花生，贪嘴儿的老鼠每天去花生地里掏。别人家总是在下种的时候拌些农药，鼠贼子闻着味儿就不敢去偷。于是有人就劝父亲也拌些农药。

父亲说，哪能呢，电视上都在演绿色食品，再说来年花生下地儿，我还要拣些给城里的儿子媳妇吃咧。

父亲把花生籽一种到地里就开始守候。

父亲知道，一过了三五日，那花生籽在地里发了芽，鼠贼子就不打它们的主意了。父亲在地头挖了一个坑，每天就躲进去，身上盖了枯草，手里握一把宽面的铁锹，就那么守着。渴了就咕咚一口瓦罐的水。守到第三天，一只鼠贼子领着鼠娃子鬼鬼祟祟过来了。父亲看见，鼠们到了地头，那只领头儿的鼠贼子示范一样撅了屁股，用一双前爪飞快地刨起了土。不一会儿，那地就刨出了一个窟窿。正当那鼠埋了半截身子拼命刨土时，父亲单手挥出了铁锹，不偏不斜，拍在那只老鼠的身上。众鼠愣了一刻，呼啦啦四处逃散。

父亲露出了疲惫的笑。就让那只半截身子埋在土窟窿的大老鼠屁股朝天地竖在那里。父亲知道，别的鼠们再也不敢轻举妄动了。父亲放心地收拾了几件衣服，辗转坐车到了城里。

见了父亲，儿子和媳妇一脸欢喜，带着父亲去了城里几个好看好玩的地方转了个遍。之后，把父亲撂在了宽大的房子里。儿子拿出二百元钱，说，爹，这钱给你零花，楼下商店有烟，你自己去买。

儿子和媳妇上班去了，父亲就在家里看大屏幕彩电。几天下来，眼睛肿了，后背僵了,腿也抽筋了。父亲就锁了门到楼下去转。那天下午刚哐啷锁了门,父亲突然记起忘了带钥匙,就只好在楼下使劲溜达。偏偏赶上儿子媳妇晚上不回家吃饭,父亲就一直溜达到半夜。一不小心,跌进了被人偷走井盖的下水道。后来,直到看见儿子窗户里亮起了灯,才一瘸一拐上了楼。儿子见父亲膝盖破了,连声追问。父亲说,没啥,掉坑里了。

第二天,父亲的腿肿了老高。儿子把父亲送进医院一透视,父亲的小腿都骨折错位了。儿子红了眼睛,爹!你还说没事呢。

父亲才住了几天院就嚷着要回儿子家,嘟噜说受不了医院那股味儿。儿子只好把父亲接回了家。儿子一个电话接着一个电话往小区物业管理处打。父亲渐渐听明白了,儿子要替伤了腿的父亲打官司。儿子打了一阵电话就不打了,坐在那里生闷气。

父亲说,你们城里人太复杂了,谁偷的井盖找谁不就成了么。

儿子说,你想得太简单了,你能抓住偷井盖的吗。

父亲咕哝说,咋不能,偷花生的鼠贼子都被我逮住了咧。

儿子笑着说,行,哪天你去试试。

腿好了的父亲在一天晚饭后真的下楼去了。媳妇跟儿子嘀咕,你爹是不是把脑袋也磕坏了呀。儿子正色道,瞎说什么。说罢又补充了一句,让他折腾去吧,闲着也是闲着。

父亲在楼下守了两个晚上,都是半夜空手而归。第三个晚上,父亲突然有了一个主意。他掀开一个活动的井盖,溜了下去,又把自己盖上了,等待贼下手。也许该那偷井盖的人倒霉,父亲守到十一点,正要收兵,真的等到了那只手。箍上去的,是父亲那只冰冷、滑腻的手。待父亲爬上地面,隐约的路灯下,父亲看见了一个吓呆了的黑瘦的女人。

父亲赶紧松了手。

女人后来呜呜地哭了。

女人说,大叔,饶了俺吧。

父亲说,一个女人家,咋就干起了这个营生。

女人说大叔,俺家里有一个瘫子男人,还有一个上学的娃儿,俺就到城里捡破烂来了。

父亲说捡破烂咋就捡起了公家的井盖。

女人低声说,井盖不是能卖七八块钱一个么。

父亲有一会儿没说话。后来父亲问,这楼前楼后有几个井盖?

女人说俺也没有数过,咋的也有上十个吧。

父亲就突然掏出了一张百元票子塞到了女人手里。父亲说你把钱拿走,别再惦记这几个井盖。

父亲就转身走了。

父亲回来的时候衣服脏兮兮的。儿子皱着眉说,怎么了?父亲拍打了一下,说,没啥,摔了一跤。儿子加重语气,爹,别再惦记抓贼了。

父亲说,嗯,不抓了。

放射光辉的人性

赏析/安 勇

　　从乡下来的父亲是个疾恶如仇的人,他在被人偷走井盖的下水井前深受其苦后,像在家乡的花生地里抓偷花生的老鼠一样,守候在夜晚城市的街头,发誓要抓住偷井盖的贼。这时候父亲的胸中一定满怀愤恨的期待,他要将偷井盖的人生擒活捉,让别人不再像他一样掉进井里,大概在他心里也有准备向小偷复仇的快慰。但当父亲把偷井盖的人捉住,听了那个女人的倾诉后,却放掉了小偷,反而还把自己的钱送给她。这时的父亲在读者心中的形象又有了一次升华,他不再是个等着捉贼的执法者,而是一个充满了同情心、善良的老人。比较起来,我更喜欢这时的父亲,因为他在夜晚、在冷清的街头,放射出了人性的光辉,这光辉让人温暖。

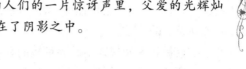
在打着父亲收藏品主意的人们的一片惊讶声里，父爱的光辉灿烂无比，把所有的收藏品都留在了阴影之中。

父爱无价

● 文/佚 名

很多年以前，有一个非常富有的男人和他那年轻的儿子生活在一起，他们两人都非常热爱收藏艺术品。他们一起环游世界，并且只把最好的艺术珍品添加进他们的收藏品中去。它们被挂在他们家中的墙上，装饰门庭。当这位日渐衰老的鳏夫看着他那惟一的儿子成为一位经验丰富的艺术品收藏家的时候，心里就感到非常欣慰。尤其令他引以为豪的是，当他们与世界各地的艺术品收藏家进行交易时，儿子显示出那高超的鉴赏力以及敏锐的生意头脑。

那年冬天，他们的国家卷入了战争，因此，这个年轻人离开了家，奔赴前线，为国而战。仅仅才过了短短的几个星期，这位老人就收到了一封电报，说他那至爱的儿子牺牲了。心绪狂乱的老人孤独寂寞地独自面对着即将到来的圣诞节，心里充满了痛苦和悲伤。

圣诞节的早晨，一声敲门声唤醒了这位神情沮丧的老人。他打开房门，看见一位手里提着一个非常大的包裹的士兵正向他敬礼。

士兵向老人自我介绍道："我是您儿子的一位朋友。我有一些东西要给您看。"

老人小心翼翼地打开包裹，里面露出一张纸。他轻轻地把它展开，原来是一幅肖像画，画的正是他那至爱的儿子。虽然，这幅画不是出自一位天才画家之手，自然也称不上是天才之作，但是它对那个年轻人脸部的细节特征把握得很准，可以说是惟妙惟肖。

睹物思人。看着儿子的肖像画，老人仿佛又看到了儿子一样，老泪纵横，久久说不出话来。良久，他才强忍住悲伤，向眼前的这位士兵道谢，并说他将把这幅肖像画悬挂在壁炉的上方。

儿子的这幅肖像画成了他最为珍视的财产，它使得他对世界各地的博物馆里收藏的那些所谓无价珍品的兴趣也黯然失色。他还经常对邻居们说，这幅画是他迄今为止收到的最珍贵的礼物。

春天到了。可是这位可怜的老人却得了一场大病，不久就去世了。根据老人的遗愿，他所收藏的绘画珍品将在新的圣诞节那天拿出来拍卖。

圣诞节终于到了。那些艺术品收藏家从世界各地聚集到了拍卖现场，热切地盼望着竞买那些世界上最引人入胜的绘画珍品。

拍卖会由拍卖一件任何一家博物馆的藏品目录上都没有的绘画作品开始。它就是那个老人儿子的肖像画。拍卖师向众人征求一个拍卖的底价，但是会场里却像死一般沉寂。

"有谁愿意出价一百美元买下这幅画吗？"拍卖师问道。

仍旧没有人说话。又过了一会儿，从拍卖厅的最后面传来一个声音："谁要买那幅画啊？它只不过是他儿子的肖像画。快把那些珍品拿出来拍卖吧！"

顿时，赞同声、附和声此起彼伏。

"不，我们必须首先拍卖这一幅，"拍卖师答道，"现在，谁愿意买下他儿子的肖像画？"

最后，老人一个并不富有的朋友说话了："十美元你愿意卖吗？那样的话，我就可以买下它了。"

"还有没有人愿意出更高的价钱？"拍卖师大声问道。拍卖厅里越发安静下来。片刻之后，他喊道："十美元一次，十美元二次……好，成交！"

拍卖槌重重地落了下来。顿时，拍卖厅里人声鼎沸，庆贺声不绝于耳，有人叫道："现在，我们可以竞买那些珍品了吧！"

此刻，拍卖师无声地环顾了一下群情激奋的观众，郑重地宣布："拍卖到此结束！按照这位老人，当然也就是肖像画中那位儿子的父亲的遗愿，谁买下那幅肖像画……"拍卖师顿了一下，遗憾地看了看众人，"谁就可同时得到他所收藏的全部珍品！"

无价之宝

赏析／安　勇

　　一边是真正的收藏品,在世人眼里价值连城的文物,另一边是老人儿子的一张普普通通的肖像画。当这两样东西放在一起拍买时,让人一下子衡量出了儿子在父亲心中的价值和分量。在父亲的心目中,一切收藏在他阵亡儿子的肖像画面前,都变得黯然失色,儿子的画抵得上自己所有的收藏。从而也让我们懂得了父爱的真正价值。在打着父亲收藏品主意的人们的一片惊讶声里,父爱的光辉灿烂无比,把所有的收藏品都留在了阴影之中。读过这篇小说后,我们会明白,父爱是世间最贵重的财富,因为它无法衡量,它是无价之宝。

温暖我一生的冰火

感动系列

　　我想女儿肯定也会觉得，家里有这样一位"暴父"，真是件很幸福的事情。

家有"暴父"

●文/张志锋

　　班里有一个韩国留学生李瑛，她为了学到地道的汉语，常和我们一起聊天。她每次都会说到"暴君一样的父亲"，并简称为"暴父"。第一次听她说爸爸时，我还以为她爸爸是个"暴发户"，待明白后，笑得肚子直疼。

　　为什么她说爸爸像个暴君呢？李瑛的父亲是个军人，毕业于韩国有名的国防大学，而一切的一切都是从爸爸所受的军校教育开始的。

　　每天吃饭时，爸爸会正襟危坐；用筷子夹菜时，他要在空中画一个九十度的角，才肯将菜送进口中，而且要求他们姊妹三个也这样"比划"着吃。一看到他们对可口的食物狼吞虎咽，爸爸就会一脸不悦，训他们没有吃相，太馋！别人会笑话他这个军人的孩子，因为李氏在历史上是"贵族"，不允许有这种吃相的后代。于是，大家吃饭时全画直角。但到了中国后，李瑛就化直角为平角，但还是比较"淑女"的。元旦聚餐时，大家在"斯文"的同时，极尽风卷残云之能事，"蔚为壮观"。等到买单时，我们发现李瑛好像根本没动筷子，而且惊讶地看着我们，她说："你们吃饭好像比赛。"

　　李瑛的爸爸每天晚上十一点准时"熄灯"休息，次日三点就起床（八点多才上班），然后整理自己的房间，然后就来喊李瑛起床。因为每天睡得太晚，三点就起床简直是要命。爸爸有办法，先是口头通知，没动静，就把李瑛卧室的窗户打开，"外面吹来凉爽的风"，是为"低温催醒法"；还不起来，爸爸就要"气急败坏"地使用杀手锏了：掀被子。这一招往往奏效，一吓唬她就爬起来了。

　　最可怕的是接爸爸的电话，如果家里有人，电话响了三声还没接，那么接了以后，电话中就爆发"大战"，回到家后，还要"兴师问罪"。每当遇上这种情况，他们都会提前躲到外边，等爸爸气消了，他们才敢回家。

　　他们全家经常出去爬山。爸爸规定时间，必须爬到某个地方，实际上经常就他一人按时完成任务,别人都累得够呛。这时爸爸就会说:"你们都年轻,我这么大年纪了,还不如我。"这时,李瑛还有她的弟弟、妹妹都会感到"没面子"。

她爸爸也有很温柔的时候,特别是对弟弟和妹妹,他经常和蔼地把弟弟揽在怀里,像欣赏宝物一样捧着弟弟的脸说:"孩子,你太可爱了!"对妹妹也经常这样,但很少对李瑛这么"亲密"。

后来,李瑛来到中国学习,半年回家一次,爸爸会经常给她打电话,失去了往日的"生猛",每每流露出思念之情。后来,李瑛从妈妈那里知道,她是老大,爸爸一直把她当成男孩子看,对她要求近乎"苛刻",只是希望她能非常坚强,像个军人的孩子,而非女儿,这样才能经受生活的风风雨雨。知道这些后,身高一点七〇米、体重也"相当可以"的她落泪了,其实,她像所有的女孩一样——爱哭。

从那以后,她爱"暴父"了。

为有这样的"暴父"而幸福

赏析/安 勇

这篇小说里的父亲是位合格的军人,不仅自己的言行按军人的标准要求,而且在子女的教育上,也处处显示了一个军人的气质,甚至有些半军事化。吃饭、起床、接电话、爬山,都严格得甚至有些苛刻。由此,女儿才戏称父亲是位"暴父"。但当女儿到异国读书后,当她从妈妈口中知道了这位"暴父"对她的期待和良苦用心后,女儿终于从父亲冷酷的外表下,看到父亲如水的柔情。而且父亲多年来的严格要求,也在女儿身上卓有成效,举手投足之间,女儿都有着与众不同的风范。我想女儿肯定也会觉得,家里有这样一位"暴父",真是件很幸福的事情。

或许是父亲有太多的苦闷却无处诉说，或许是父亲多年来在生活的无奈面前形成了习惯。我们看到了一位把自己隐藏起来的父亲。

躲在信纸背后的父亲

● 文/衣向东

　　我的父亲是一名中学校长，直到今天，我不知道该怎么来评价我的父亲。从我记事的时候，他在我心目中就是一个典型的"酒鬼"形象，并且由于种种原因，他在我母亲以及我们村干部和生产队长面前，总是那么卑琐。因此在我八岁的那年春节，当父亲又一次喝得烂醉地躺在大街上的雪地里的时候，我自己心口便对父亲埋下了仇恨的种子——是仇恨。

　　也就是从我八岁的那年，我不再叫他父亲，心中叫他"酒鬼"。

　　一九八二年底，我偷偷去参加了征兵体检，直到顺利过关后，父亲和母亲才知道了。母亲说，当兵有啥好的？咱们村当兵回来的几个，不会种地，连家乡话都不会说了。父亲说，也不是都这样，还是有出息的人多。

　　母亲说，责任制后，咱家需要帮手，他走了，地里的活儿谁干？父亲把目光投到我身上，很仔细地看看我，他很少这样打量我。他有些惊讶地说，真快，有我高了，一眨眼的工夫。在他眼里，我似乎是一夜间长大了。

　　父亲说，小鸟总要出窝的，让他走，出去锻炼锻炼，一个人一辈子不能呆在一个地方。

　　去县城武装部集中的那天，因为没有交通工具，母亲只把我送到村外，由父亲陪着我步行去县城。我们走的小路，在山谷和山背之间穿行。秋后的山间很静，有成群的麻雀从我们头顶飞过，消隐在收割后的庄稼地里。曾经丰实饱满的山坡，已经显得空旷起来，农人们把大片的庄稼收割回家，田野里遗留着那些没有成熟或者籽粒干瘪的庄稼，一株两株地聚在一起，在微风中孤独地摇动身子。偶尔也会看到几个在田地里劳作的人，点缀在远处一片秋色里，使枯黄的山坡灵动起来。

　　我和父亲默然走着，我们都想说点什么，可都不知道应该说什么，只有默默地走路。父亲知道因为他喝酒，我心里记恨着他，但是父亲无法去触动这个话题。他走在我的前面,遇到险峻的路,或是一条河流,他就站住了,在一边等候着我,并微微地展开双臂,作出随时扶我一把的样子,仔细地看我走过去后,他才又放开步子走。

斑斓的秋色一片片展现在眼前,两个一样高低的男人沉默地从上面走过。

一路上,我一直在琢磨从县城上车的时候,怎样叫父亲一声"爸爸"。我想我应该在离开家的时候叫他一声。

但是,真正到了上车的时候,我却怎么也叫不出来,"爸爸"这个称呼我很久没有使用了,感觉是那样生涩,那样沉重!我听到身边的人都在呼喊着他们的父母,我也看到父亲举着手朝我摆动,似乎在等待着我的呼喊,但是我就是喊不出来。

这时候,挂在树上的大喇叭突然响了,播送《送战友》的歌曲,父亲的泪水一下子涌出来,他抹了一把泪水,朝着开动的车子招手,大声说,到了北京,来信,来信呀……

到了部队后,我给父亲写第一封信的开头,非常认真地写下"爸爸"两个字。半年之后,我就称呼他"亲爱的爸爸"了,因为这半年,我在异地他乡,在艰苦的兵营,就是靠着父亲的来信,战胜了难以想像的困难,打发了许多孤寂的时光。读父亲的信,也是我阅读父亲的过程,我读到了他的内心世界,读到了他飞扬的文采,读到了他人生的哲学。

我用一个渐渐成熟了的男人的眼光,重新审视父亲,回想父亲在那些艰难岁月里的苦闷和自我麻醉的状态。

我和父亲通了两年的信,觉得和父亲的情感已经非常融洽了,因此第一次探家前,我做了精心的准备,要和父亲面对面地交流一次。

然而,真正见到父亲后,我却发现父亲总是躲避着我,眼神畏缩而慌乱。我跟他说话的时候,他就像是听领导的讲话那样毕恭毕敬,他跟我说话的样子,是那样小心谨慎,仿佛站在他眼前的不是他的儿子,而是远方来的尊贵的客人,是他的上级或者直接左右他利益的长者。面对着惶恐地站在我面前的父亲,我还能说些什么?

就这样,我把想和父亲交流的一肚子话,又带回了部队,仍旧用写信的方式和父亲进行真诚的对话。

虽然父亲在和我的通信中,把他的情感表达得淋漓尽致,但是直到今天,当他站在我面前的时候,眼神仍旧是那样谨慎而慌乱,只要我们面对面,就似乎没有任何话可说。看来父亲这一生,不会从信纸的背后走出来了。

温暖我一生的冰火

感动系列

敞开心扉的爱

赏析/安 勇

　　或许是父亲有太多的苦闷却无处诉说，或许是父亲多年来在生活的无奈面前形成了习惯。我们看到了一位把自己隐藏起来的父亲。他唯唯诺诺、小心谨慎，甚至还借酒浇愁、在权势面前表现得很卑琐。但就是这样一位父亲，当儿子离家在外时，通过信件的方式，向儿子敞开了自己的心扉，也让儿子了解了自己父亲隐藏起来的真实世界。此时，父亲和儿子之间的交流，更像是一对知心朋友间的交往。他们彼此毫无芥蒂，尽情倾诉着自己的苦恼，诉说着自己的志向。我想，有些事情本不必面对面去诉说的，把一种理解和相知放在书信里，让父子间的这种交流在信纸的背后悄悄进行，也是让人欣慰和高兴的事啊！

当医学手段无能为力时,什么能延缓人的死亡呢?我想是一个人对另一个人的牵挂,一份沉甸甸的爱。

父亲的祈望

● 文/佚 名

路彬是六十年代后期,由师范学校分配到我家乡小镇中学的。他当了十年语文教师,跟一个农村妇女成了家。他文笔很好,区委宣传报道组缺少人手,将他从学校调过去。宣传报道组的人是很容易被提拔的,过了几年,轮到他了,被派到附近一个乡当了副乡长。他时常回到小镇上来,这里的各行各业都有他的学生,都认他这个老师,都很客气,愿意为他办事。他有个学生在镇医院当医生,负责操作 CT 机。路彬到镇上开会,碰到了这个学生。学生热情地拉他到自己的科室,免费做了一次 CT。

诊断结果出来,学生的脸色有点不自然。学生说,这台机器是刚换的,很先进,自己还没有熟悉性能,难免会有失误。学生建议他不妨到大城市再做一次看看。路彬先到附近的扬州,医生看看诊断结论,重做了一次,脸色也不好看,说原先的诊断是对的。再到南京,也是这种结论。路彬心里有些不踏实了,他去了上海,这次他没说已经在三个地方检查过,以普通病人的身份做 CT,诊断结果出来,不但病情属实,而且说已到了晚期,即使及时采取必要的救治措施,患者最多也只能活半年左右。

路彬也知道结果了,心里很着急,他对前来看望的乡领导说:"我要是死了,儿子考大学的事怎么办呢?"路彬的儿子正读高三,人并不笨,但是开窍很迟,不懂得学习,非得大人盯在后面反复催逼,成绩才能稳住。路彬被确诊是九月份的事,离高考足足有十个月左右呢。他先想办法将儿子转到县城中学就读,然后预先写好几十封信,让妻子每隔一段时间寄给儿子,督促抓紧用功。接着,才放心去南方住院。

到了春节,路彬儿子回家,没有看到父亲,桌上有一封信。路彬在信中说,他负责的乡计划生育工作没有抓好,被集中到地区办学习班,所以春节不能回家。他要求儿子只能除夕、大年初一歇两天,年初三开始补习。路彬儿子按父亲嘱咐,提前回到县城中学,一心扑在功课上。到了六月份,高考越来越近,学生压力很大。路彬儿子夜里睡不着,忽然发现自己半年没有见到父亲,心里总觉得有点不踏实,往家里写了一封信,要父亲无论如何来一趟。

路彬在南京接受化疗,已经瘦得不成人形了。他请乡里派辆小车,买套好衣服穿在身上,赶回县城中学见了儿子。儿子问他这么长时间到哪儿去了,路彬回答说,上半年南方山区发水灾,他正好去开会,就被困在大山里面出不来了。儿子问:"爸,你怎么这么瘦呀?"路彬说:"路被水冲断了,粮食运不进去,人饱一顿饥一顿的,怎么不瘦呢?"儿子又问:"爸,你怎么剃成个光头了?"路彬说:"洪水围上来,人跟猪呀羊的这些牲畜挤在一起,染上了虱子,只好把头发剃光了。"

到了七月份,离确诊病情整整十个月了,路彬咬着牙仍然活着。他挨过上旬几天高考,又挨了一些日子,估计分数下来了,他硬撑着身子,亲自拨通声讯电话查询,儿子竟然考上了,成绩超出重点院校分数线。他长长地松了一口气,握着话筒,身子一点一点软下来,倒在了地上。

周围的人赶紧过来,这个人已经死了。

牵 挂

赏析／安　勇

当医学手段无能为力时,什么能延缓人的死亡呢?我想是一个人对另一个人的牵挂,一份沉甸甸的爱。这篇小说里的父亲,在病痛缠身时,第一个想到的就是马上就要参加高考的儿子,在他的心里,儿子的成败远比他自己的生命更重要。他不惜一次次说谎,也要让儿子一身轻松地坐在考场上。而且为了等待儿子考试的结果,他甚至让死神也退避三舍,给他留下了最后一段时间。我觉得,当父亲在电话里听到儿子考试的分数倒下时,他的心里一定无比满足,他看见儿子已经走上了成功的道路,有了一个美好的前途。这时的父亲,真的可以做到含笑九泉了吧!

古人说:"壁立千仞,无欲则刚。"只有少一些不必要的欲望,才能快快乐乐地做人,高高兴兴地生活。

人生三愿

●文/赖建诚

我儿子在初级中学读书。

一次,老师布置了一道作业,要他们当记者采访自己的爸爸。

总共有六个问题,有一大半是资料性的:在哪里工作,负责哪一方面的事情,等等。其中的第五个问题是:爸爸的梦想是什么? 怎么实现?

我说:"我有三个愿望。"

儿子认真地记下了这些话,然后抬头看着我。

"第一个愿望是吃得下饭。"

他愣了一下,很郑重地告诉我,这道作业的分数是其他作业分数的三倍,所以不能开玩笑。

我说你是记者,我怎么说你就怎么写,要是不相信就不要采访我。

他无奈地写下了这行字:第一个愿望是吃得下饭。

"第二个愿望是睡得着觉。"

这下儿子急了:"别的爸爸都是梦想当大官,发大财,出大名,你的梦想却这么可笑,连小孩子都不如! "

我又重复刚才的说法,不相信就不要采访我。

这时他妈妈从厨房走出来,她也认为,记者就是记录者,不能要求被采访者如何回答。

儿子只好又写上第二行字:第二个愿望是睡得着觉。然后,无精打采地说:"说吧,第三个。"

"第三个愿望是笑得出来。"

儿子的脸顿时憋得通红,大声说:"你是不是想让我在学校里出丑啊?别人的家长都在尽力帮助自己的孩子,你却存心害我! "

"这样吧,你把我的话记录下来之后,再写一篇《我眼中的爸爸》附在后面,让老师知道,老子的理想并不等于儿子的理想。"

儿子觉得有道理,很快地写了一篇《我眼中的爸爸》。

第二天,我问儿子老师怎么说。

他有点不好意思地告诉我:"老师说,我的采访文章和作文都写得非常好,打了九十八分,全班最高,还在课堂上朗读了。"

"那她有没有说为什么?"

"她说她先生的工作最近很不顺利,别说笑了,他已经好多天睡不着觉,吃不下饭。她说你爸爸的三个愿望很有意思。"

"那你现在知道我不是害你了吧?"

他点了点头。可他还是不明白,为什么他的老师把《我眼中的爸爸》拿去参加作文比赛,还得到了入选奖,对于功课平平的他,这是一个奇迹。

希望他在人生的旅程中,比我更晚体会到:实现这三个愿望是最不容易的。

平凡愿望中的道理

赏析／安 勇

在当小"记者"的儿子看来,父亲的三个愿望在人生这个大主题面前,平常得近乎渺小了。儿子肯定觉得,吃得下饭,睡得着觉,笑得出来,能算得上人生的愿望吗?其实,如果我们认真想一想,做到这三条其实非常不容易,它首先要求我们要心底无私、坦荡做人。只有这样才能胸怀宽广、心无芥蒂,这样才能吃得下、睡得着、笑得出。它还要求我们对生活要少些欲求,古人说:"壁立千仞,无欲则刚。"只有少一些不必要的欲望,才能快快乐乐地做人,高高兴兴地生活。想做到这三条,还要做到很多很多,比如道德上的完善,比如与人相处时的付出和吃亏……这三个平平常常的愿望里,蕴含着许多做人的道理,甚至能让人享用终生。

如果我们在生活中都能看到别人的优点,试着对他人说一句"你很重要",那么这个世界一定会变得更加美好,更加温馨。

你 很 重 要

●文/[美]海里斯·布里奇斯

这个故事发生在纽约。

一位中学老师按照顺序把每个学生都叫到讲台前,然后告诉大家这位同学对整个班级和对她本人的重要性。她还发给每个学生一条蓝色缎带,上面写着四个金色的字:"我很重要。"

然后,那位老师又发给每个学生三条缎带和别针,让他们按照她在课堂上赞赏褒扬他们所使用的这种方式,把缎带赠送给他们认为值得感谢和尊敬的人。然后跟踪观察所产生的结果,一个星期后再回到班级向她报告。

班上有一个男孩子来到邻近的公司,找到一位曾经帮助他做过人生设计的年轻主管。这个男孩子将一条蓝色的缎带用别针别在了主管的衬衫上,并且把另外的两条缎带和别针也给了他,并且向他解释说:"把蓝色缎带送给你值得感谢和尊敬的人,再把多余的缎带和别针也给他,让他也能以此向值得他感谢和尊敬的人表达谢意。下次请您告诉我,我们这种表达方式的效果如何。"

几天之后,这位年轻的主管来到他的上司那里。他的上司是个容易发怒、不易相处的同事,但却极富才华。他向上司表示他仰慕他的创造性天赋。上司听了十分惊讶。接下来,他郑重地将缎带别在了上司的外套的左上方,并把剩下的一条缎带和别针送给了他,然后问道:"您能否帮我个忙?把这条缎带也送给您认为值得您感谢的人。这是一个男孩子送给我的,我们想让这个表达感谢的方式延续下去,最后要看看这样究竟会产生什么样的效果。"

那天晚上,上司回到家中,坐在他十四岁的儿子身旁,轻轻地抚摸着他的头,温和地说:"儿子,今天我遇到了一件不可思议的事。在办公室里,有一个年轻的同事告诉我,他十分仰慕我的创造性天赋,还送给我一条蓝色缎带。想想看,他认为我的创造性天赋如此值得尊敬,甚至将印有'我很重要'的缎带别在我的外套上,而且还多送我一条缎带和一枚别针，让我也能够送给值得自己感谢和尊敬的人。今天晚上，在下班回家的路上，我就开始琢磨要把缎带和别针送给谁呢？我一下子就想到了你，儿子，你就是我要感谢的人。因为，这些天来，我回到家里都没有花很多精力和时间来照顾你、陪你，而且，有时还会因为你的学习成绩不太好、房间又脏又乱而对你大吼大叫。真的很对不起你。可是，今晚不同了，今晚我只想坐在这儿，让你知道你对我有多重要，除了你妈妈之外，你就是我生命中最重要的人了。你是一个好孩子，我爱你。"

他的儿子感到非常震惊，注视着父亲的两只大眼睛里闪烁着泪光，他的嘴唇也开始颤抖。最后，他情难自禁，终于"呜呜呜"地哭将起来，身体也随着颤抖不已。他泪眼婆娑地看着父亲，哽咽着说："爸爸……我本想明天去……去自杀的，我……我以为你根本就……就不爱我。现在……现在……我想已经没有那个必要了。"

我们都很重要

赏析／安　勇

几条并不贵重的蓝缎带，几场一点也不庄重的授予仪式。在像链条一样传递的过程中，竟然产生了意想不到的效果，它让一个普通的职员信心倍增，让一位不苟言笑的上司心绪难平，更富于戏剧性的是，它还让一个打算轻生的孩子敞开了心扉，放弃了自杀的念头。这看似不可能的事情，就这样真实地在几个人之间发生了。因为我们别忘了，和缎带一起送给对方的还有一句让人难忘的话："你很重要。"它是一个人对另一个人的承认和肯定，像催化剂一样，在一瞬间激发出接受者内心中一种自我认可的自信。当然，它还是一只友谊和爱的手，带着理解、信任和爱，伸给了别人。如果我们在生活中都能看到别人的优点，试着对他人说一句"你很重要"，那么这个世界一定会变得更加美好，更加温馨。

在夜晚冷清的街头彷徨无助的父亲,手里提着的与其说是汤,更确切地讲是一罐装得满满的父爱。

送　　汤

●文/［新加坡］艾　禺

爸爸有一个星期没有来送汤了。

真搞不懂他,已经退休了,又没事做,只是煮点汤拿过来,隔几条马路,最近也变成好像很麻烦的事,总是三四天才能喝到一点汤水。说汤水真的不过分,清清白白的,一看就知道是即煮即成的汤,不是那种下工夫熬几个小时入味的"好东西",有时汤里还连块肉都省了。是这样煮汤的吗? 和从前比起来,真是相距太远了!

我已经习惯喝他煮的汤,贝母北杏煲西洋菜汤也好,槐花番茄鸡翼汤也好,是清热还是降血我都不在乎,以我这个还是年轻人的年纪,几时轮到病会来找我?

爸总是说身体一定要照顾,不要等到出毛病时想补救都来不及,我就嫌他啰嗦。虽然家里只有两个人,我还是坚持要搬出来住,当然我这样做也是为了Ken,那个我刚喜欢上的男人。

爸爸第一次煮汤给我喝,是在妈妈离开家的那一天开始。我不知道妈妈为什么出去了就永远没有回来。等到长大一点,才明白她是认为爸爸没出息,只会窝在药材店里当伙计才不要我们的。为什么她要这么残忍,她可以不要爸爸,难道我就不值得她留恋吗?

我从此有点恨爸爸,又可怜他。

他总是一个人默默地承受一切,包括对我的照顾,无微不至。我也习惯了被宠的感觉,没有他,我就好像失去了什么,心里有一种难以言喻的慌!

Ken第一次来我家吃饭后这样对我说:

"汤是很好喝,不过……一个煮汤的男人会有什么用?"

他和妈妈一样瞧不起爸爸。于是我就听话地搬了出来,不过说什么我也不愿意搬得太远,因为我还需要老树遮阴。

说也奇怪,自从搬了出来,家里就常来了一个叫双姨的女人,她是爸爸常去的诊疗所的护士,听说是个老处女。Ken笑说或许爸爸早就该有第二春,是我的存在阻碍了他的发展,现在好啦,搬了出来成全了他,我也算做了件"孝顺"的事。

爸爸爱往诊疗所钻也是最近的事,问他出了什么事,他总是摇摇头,又问我想喝什么汤,他去煮。

"我不是刚说要喝胡椒猪肚汤吗,怎么你又忘了?"

他不应该忘记我爱喝汤的,一个星期,已经七天了,七天没有汤喝,那是不可能的事,难道因为有了"他爱",他把煮汤给我喝的"责任"都忘了?!

我打了个电话回家,没想到接电话的就是"他爱"。

"我要找爸爸。"心里的一股妒意使我的语气冷漠。

"你爸爸不是给你送汤去了吗?"对方温婉地说。

"送汤? 他已经一个星期没有给我送汤了!"我近乎叫起来。

对方一阵沉默,停了良久。

"……有些事情我不知道该不该跟你说……"

难道他们要宣布婚讯,然后告诉我以后都不会来送汤了?

我控制着自己易发怒的情绪。

"有什么你就说吧!"

我不知道自己是怎样奔下楼的,撞到人了没有,我只知道自己在拼命地跑,无头绪地乱跑,寻找一个已经越来越失去记忆的老人,他或许正找不到要去他女儿家的路!

"你爸爸不久前检查出来,证实得了老人痴呆症,他说过不能跟你说的……下午他煮了汤说要给你送去,我叫他不要去的,他说你喜欢喝西洋菜汤……他说你的家他一定会记得……"

双程交通的分界堤上,一个老人满头大汗地走来走去,手里提着一个汤罐,彷徨焦急得不知该往哪个方向走。

我认出那就是我的爸爸。

汤罐里的汤已经凉了,双姨说爸爸傍晚出门了,就为了我可以有热汤喝。而现在已经快半夜。

公园里,我一口一口地喝着汤,感觉它一点也没凉,还透着暖暖的热气。

"爸,这汤真好喝!"

"好喝,我明天煮,再帮你送……"爸爸眼光里闪过一种茫然,好像极力寻思着他记忆里有关我的资料存案,然后遍寻不获般地焦急颤抖。

"不用了,爸,我以后不要再叫你送汤了!"我坚决地说。

"你……你不要喝我的……汤了？"

"不是,我决定搬回家跟你一起住,好吗?"

爸爸怔怔地望着我,我知道总有一天,他连我是谁都要忘记。

不过,我已经决定要自己学煮汤,我要煮一辈子的汤给他喝。

一罐汤里的父爱

赏析/安 勇

在妈妈和男友的眼里,煮汤的男人就是个没有什么用的男人。前者在婚姻的路途上弃之而去,奔向了自己的光明,后者不屑共处,要求女友搬出家中。但就是这样一位只会煮汤的父亲,却在得了老人痴呆症忘记了去女儿家的路后,还念念不忘女儿爱喝汤的习惯,不计后果地走上街头,去给女儿送汤。当女儿找到父亲,在公园里喝下父亲煮的汤后,终于决定搬回家中,不再让父亲受送汤之苦。我想,女儿之所以这样做,是因为她已经明白了,在夜晚冷清的街头彷徨无助的父亲,手里提着的与其说是汤,更确切地讲是一罐装得满满的父爱。这份父爱无比珍贵,比所有的汤都更暖人,更美味可口!

一份质朴而深沉的父爱，在对果子的呵护里，从敲雪的竹竿儿上，缓缓走出来，瞬间，浮现在我们的眼前。

敲　　雪

●文/刘靖安

睡到半夜，忽然觉得好冷。也许，外面下雪了，我想。我蜷着身子，强迫自己再睡。不知过了多久，迷迷糊糊中，我听到了屋前屋后的惊叫声。睁开眼，天亮了，透进屋的亮光，冷冷地泛着朦胧。

好久没见过雪了！我顾不上睡觉，一骨碌爬起来，小跑着跨出门。屋檐下，我极目远眺，整个世界全是一片白，白得晃眼。慢慢收回目光，我就看见了父亲。

父亲站在屋对面的小路上。他眼下，是一丛一丛的雪枝。我知道，托着雪的，是密密麻麻的树枝。每到春天，那些树枝就开出一堆一堆的杏花、李花、桃花，五彩缤纷的，像一片花的海洋。花一天一天地谢了，青涩的果子藏在绿叶间，一天一天地长大了，泛红了。父亲的笑容也多起来，有时不知不觉就到了树下。开始，父亲轻轻掰下枝丫，寻找枝叶间还没完全长出来的果子，偶尔发现米粒大的一颗，也要小跑回家雀跃着向全家人报喜；后来，父亲就踮着脚尖，痴痴地看，痴痴地闻，即使枝丫垂到眼皮下，也舍不得动一指甲，生怕惊跑了它们。果子渐渐成熟了，父亲停了农活，从早到晚蹲在树下守着，守着我们的"书本"。我们兄弟多，家里又没有其他收入，读书全靠它。到了上市季节，父亲就在树下铺几床棉絮，说这样落下的果子就不会摔烂，能卖个好价钱。卖果子的钱，父亲一分一厘也不花，全存着，刚好够我们读一年书。所以，只要我们目不转睛盯着父亲担子里那些红嘟嘟的杏呀、李呀、桃呀的时候，父亲总是拍着我们的头说："馋了吧？这可吃不得，它是你们的书本啊，不想读书吗？"我们一起点头："想读！""还想吃吗？""不想！"我们一起咽口水，狠狠摇头。从此，我们就把那些杏呀、李呀、桃呀叫"书本"了。

可是，这不是果树开花、结果的季节呀，父亲看那些雪树做啥呢？我很是不解。

我朝父亲走去。踩着积雪，吱吱地响。雪挤进鞋里，有一丝浸骨的寒意。眼前，是一串深深的脚印，我想那应该是父亲的，我仿佛听到了父亲踏着积雪的声音。鞋里的雪越挤越多了，我只好把脚放进父亲踩出的脚印里。我腿短，父亲步与步之间拉得很长，看样子走得很急。尽管这样，三个脚印我还是能踏中两个。因为雪被踩实了，挤进鞋里的也就少多了。

走到父亲面前，父亲看了看我，说："星期天，多睡会吧？"我不回答父亲的话，不解地问："您看这树干嘛？春天还早。""真的还早么？快了快了！可是？"父亲顿了顿，脸上露出了忧郁，"这雪太大了，你看，树枝压断了好多。"我细细一看，真的，一些断枝落在地上或是横在树上，全被雪掩住了，不仔细看根本看不出来。

"回去拿根竹竿来吧。"父亲沉吟了一阵，对我说。我怔了怔，一下子明白了父亲的用意，于是，回家找来一根稻田里赶鸭子用的长竿。父亲站在树下，竹竿伸到枝头，慢慢地，轻轻地把积雪一点一点敲下来……几十棵果树，父亲整整敲了一个上午。父亲回家，头上、脸上、身上，全是雪。给体温融化的雪水，湿透了父亲的衣服。我连忙烧起一堆旺旺的柴火，父亲骑在火上，还在瑟瑟发抖。

这天晚上，父亲问我："今晚还会下雪吗？""下呀，老师说'瑞雪兆丰年'，下得越大越好！"我说。"我娃儿有长进了，好，那就下吧！"父亲抚摸着我头，频频颔首。

晚上，果真又下起了大雪。父亲怎么也睡不着，他耳朵支棱着，听着外面的风吹草动。"睡呀，你怎么了？"母亲不耐烦了。"你懂啥？这叫听雪！"父亲的声音很大，传进篱笆墙另一边的我们的耳里，我和弟弟就吃吃地笑，笑父亲不会用词，雪，是能听的么？

半夜，父亲突然翻身跳下床，惊醒了我们。我们问他怎么了，父亲说："我听到树枝又断了，一声连一声，我得敲雪去。"我们说这么远，听不到，那是幻觉，睡吧睡吧。可是父亲不理会我们，拖着竹竿，打着手电就出了门。我们穿了衣服撵出去，在屋檐下看见的已是一束在树下晃来晃去的亮光了。看了一会，冷得不行，我们只得跑进了被窝。

天亮，父亲回家，把我们全都摇醒，高兴地说："一根树枝也没断，你们又能上学了，又有书本了。"父亲的牙齿"咯咯"直响，磕得不听使唤。第二天，父亲就病了。

冬天完了，春天来了，夏天也来了，杏呀、李呀、桃呀，比哪一年都大、都红，父亲的病却一直不见好转。我挑了两个又大又甜的桃，捧到父亲床前，说："爸，你尝尝，好甜呢！"父亲挣扎着撑起身子，劈手打掉我手里的桃，怒气冲冲地吼："谁叫你们吃？这是你们的书本哪！不想读书了？""想！"我哭着说，"我们没吃，只想您吃一个，您的口味不好！"父亲叹了口气，拉过我，给我擦了一把眼泪，说："捡起来吧，我吃一个！"我看见父亲咬了一口桃，父亲的眼泪也一下子流了出来。

果树上的父爱

赏析／安　勇

　　这篇文章里的父亲对那些果树的照顾，很像对待自己的孩子。他在果树下"痴痴地看，痴痴地闻……舍不得动一指甲……从早到晚蹲在树下守着……"甚至在落雪的夜里，不肯睡觉，细心聆听着果树的动静。冒着严寒，半夜里起来，用竹竿敲落压在树枝上的积雪。为了多卖些果子，多挣些钱，父亲甚至在生病时也不肯吃一只树上的果子。父亲为什么会对那些果树们如此怜爱呢？因为树上结的果子里有孩子们的书本，有一位父亲的希望。一份质朴而深沉的父爱，在对果子的呵护里，从敲雪的竹竿儿上，缓缓走出来，瞬间，浮现在我们的眼前。

几句简单的对话，一幅有趣的场景，在那遥远年代一个夏天的午后，把一位父亲的形象瞬间定格。

回　忆

●文/佚 名

在我是个光腚娃娃的时候，夏日的晌午，父亲常带着我到村东的河湾里去洗澡。

清清的河水从河湾里流进又淌出，我和父亲赤条条躺在水波里，就像是一条大鱼和一条小鱼游在里面似的。

这就是我对父亲最初的印象。

后来，因为一次考试成绩不好，父亲批评我，我顶撞了几句，父亲操起铁锨要打我，我撒腿往村外跑，父亲在身后追，十几岁的我吓得心惊胆战，幸亏父亲没有追上我。不过，自此我在心里暗暗恨起了父亲。

又过了几年，那个夏日晌午的一件事情改变了我对父亲的看法，父亲在我的眼中立刻高大了起来。

那是"文革"后期的一个夏天的晌午。父亲坐在天井的阳光下捉虱子。肥大的虱子从父亲油腻而破烂的裤子的针脚和皱褶里钻出来，吃饱血的虱子圆滚壮实，端庄大方。父亲先欣赏一会儿它们优美的跑姿，然后用两个大拇指甲把它们一个个挤死，"劈啪"的响声像烧裂的豆子一样依次炸响。鲜红的虱血粘满父亲的指甲，就像涂上一层胭脂似的。

父亲正饶有趣味地捉着虱子，刚官复原职的村支书急急火火地来到我们家，进了门，没顾得咽下口气，说道："伙计，我又出来工作了！"

村支书显得很激动，父亲却是个平静的神态，他没有抬头和村支书打招呼，而是先把一个掉在地上的虱子找到，然后"咯嘣"一声挤死，这才说："我知道了。"

村支书一愣怔，拣了个草墩在父亲身旁蹲下，皱着眉头问："伙计，我出来工作你不高兴？"

父亲这才抬起头瞅着村支书问："怎么不高兴？我到街上蹦俩高，或者买挂鞭炮放那才叫高兴？"

感动系列

119

村支书的眉头舒展开来,嘿嘿地笑了两声。笑完了,一本正经地问:"伙计,我问你件事。"

"什么事?"

这次父亲皱起了眉头。

"当年,他们告我,你为什么不按手印呢?"

父亲摇着头说:"你没有错,我怎么能按那个手印。"

父亲又警觉地反问村支书:"你怎么知道这码事的?"

"他们告诉我的。伙计,古语不是说,贼不打三年自招嘛!"

他们是谁?他们就是当年让父亲按手印告村支书的那帮造反派。

原来,"文化大革命"刚开始的时候,造反派为了把村支书拉下马,编造些假罪名安在村支书头上,十几个人联名到公社去上告。他们让父亲按手印,父亲没同意。这事父亲不仅没对我们家人讲,也没对村支书讲。现在村支书官复原职,那帮人主动到村支书那里去如实交代认错,把父亲当年的所作所为道出来,村支书怎么能不感动呢?

"伙计,我又站起来了,你怎么还不告诉我当年的事?"

"告诉你是那么回事,不告诉也是那么回事……"

村支书打断父亲的话说:"我是说,我可以帮你的忙了。"

"我没有什么可帮的,有什么忙我就找你了……不……"

父亲的话说了半截,又改口说:"伙计,我真有个忙需要你帮呢。"

村支书瞪大两眼认真地问:"什么忙,你说吧。"

父亲把光光的脊梁掉到村支书的身前说:"给我挖挖脊梁吧,痒痒死我了。"

村支书先是"嘿嘿"一笑,然后举起两手在父亲宽大黑亮的脊梁上自上而下一趟一趟地挖起来。别看村支书的指甲长而坚硬,但他用力均匀仔细,就像用心地做着一件很重要的营生似的。

父亲闭上双眼,随着村支书两手的挪动而晃动着身子,舒服地一个劲长长地舒气。

村支书的十个手指像耙齿一样,一会儿,父亲的脊梁泛起道道红杠,就像新翻的土地在阳光下闪闪发亮。

我被眼前的一幕感动了,两眼闪动着温暖的泪珠。我想,长大了,我也能捞上这样的伙计就好了!

不求回报的父亲

赏析／安　勇

在《回忆》这篇小说里,我们看到了一位正直无私而且有些幽默的父亲。在那个特殊的历史时期,他坚持自己做人的原则,先是顶住压力,不肯在给村支书编造的罪名上按手印。用他的话说:"你没有错,我怎么能按那个手印。"后来在支书官复原职时,他也没有像别人似的用此事邀功请赏,把一段隐情埋藏在自己的心底,只简单地说了一句:"告诉你是那么回事,不告诉也是那么回事……"在村支书主动提出要报答他时,他不卑不亢、出人意料地提出了一个让村支书挖后背的要求。几句简单的对话,一幅有趣的场景,在那遥远年代一个夏天的午后,把一位父亲的形象瞬间定格。儿子至此才明白,原来自己的父亲是如此可亲、可爱、更可敬的人。

温暖我一生的灯火

感动系列

他一定看到了，有一个远比星光灿烂的东西，正闪烁在遥远的夜空中，那是父爱的延续，也是一种美好情感的传承。

卧看牵牛织女星

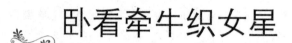

●文/刘国芳

那年我考取杭州一所大学，父亲带我去学校报到，办完手续天就黑了，父亲想坐夜间的火车回家。我没让父亲走，上有天堂，下有苏杭，父亲为了我读书，没日没夜地忙碌着，现在出来了，他怎么也应该玩两天。父亲也是喜欢杭州这座城市的，我接到通知书后，父亲总跟我说杭州是座好城市，"欲把西湖比西子，淡妆浓抹总相宜。"这诗，父亲不知跟我念了多少遍了。经不住我左劝右劝，父亲依了我，但他只同意在杭州玩一天。

这晚父亲得住旅馆了，父亲把我安置好，就走了，跟我说他去找旅馆住。但我在父亲走了后，一直觉得父亲不会去住旅馆。我们家很穷，我读书的钱，有一半是借的。父亲平时很节俭，从不乱用一分钱，他怎么可能花钱去住旅馆呢。

我的想法没错，我后来去了火车站，果然在车站看见了父亲。大概是没有车票，父亲连候车室也进不去，只在火车站门口的台阶上坐着。我看见他的时候，他正仰着头看着天上。我不声不响地坐在父亲身边，父亲开始没发现我，等发现了，父亲有些不好意思了。但父亲很快笑了起来，父亲说我觉得在这儿坐一夜更有意思，你看，秋高气爽，满天的星星，月亮分外明亮，还有，你看，那是牛郎星，那是织女星。我看着父亲，眼圈红红的，我在心里说父亲你哪里是想看星星呀，你是舍不得花钱住旅馆。但我没有这样说出来，我只跟父亲说我陪你看星星吧，我也是喜欢星星的。

这晚，我和父亲一直坐在车站门口的台阶上，我们都抬着头，往天上看。后来，父亲就提议我们各背一首诗，诗里要有牛郎星织女星。我先背起来："银烛秋光冷画屏，轻罗小扇扑流萤。天街夜色凉如水，卧看牵牛织女星。"父亲则背道："九曲黄河万里沙，浪淘风真自天涯。如今直上银河去，同到牵牛织女家。"随后，父亲又提议我们念一些与月有关的诗句，父亲先说道："月下飞天镜，云生结海楼。"我说：

"海上生明月，天涯共此时。"父亲说："野旷天低树，江清月近人。"我说："明月隐高树，长河没晓天。"说着说着，我倦了，睡着了。到我醒来，天已蒙蒙亮了，父亲的一件外套盖在我身上，而父亲，却蜷着身子坐在我边上。

这是一个我终身都不会忘记的晚上，我父亲那蜷着身子的样子，后来每每出现在我眼前，这是我心里最美好的父亲形象，我以为。

一晃很多很多年过去了，我女儿也考取了大学，南京一所大学。把女儿送到学校，报了到，安置好女儿，天也晚了。

毫无疑问，我要在南京滞留。女儿说南京是值得一玩的城市，何况，女儿入学还有一些手续没办完，我最少得在南京住一夜。

晚上，我也去了车站。按说，在宾馆住一两晚我还消费得起，但秉承了父亲节俭的天性，我竟舍不得花那么一百块或几十块钱去住宾馆。这样，火车站便是我最好的去处了。

也是个秋夜，风清月白，繁星闪烁。我仰着头，看天上的明月，看天上的星星，看牛郎，看织女。遥想父亲当年也这样在车站外面坐着，心里竟生出一种做父亲的自豪来。

忽然手机响了。

女儿打来的，才把手机放在耳边，就听到女儿说："爸，你不会在火车站过夜吧？"

"哪能呢？"我说。

"那你告诉我，你住在哪家宾馆？"

我前面不远是石头城饭店，那美丽的霓虹灯就闪烁在我眼前，我随口答道："石头城饭店。"

"真的吗？你一定要住宾馆呀，天冷了，外面凉。"女儿说。

"是住了呀。"我还在撒谎。

这个晚上，我一直坐在火车站外面的台阶上。我不仅仅是为了省钱，我觉得在这儿坐着很好。真的，在这儿坐着，一种很美很美的感觉在我心里弥漫。"天街夜色凉如水，卧看牵牛织女星。"多美好的夜晚呀。

和我一样在这儿坐着的，还有许许多多的人。我明白，他们也是像我一样的父亲。

闪烁在夜空的父爱

赏析／安 勇

　　原来是因为生活的贫困，让节俭的父亲不得不露宿街头，但作家刘国芳让我们看到的却是一幅生动优美的画面。父子二人在如水的月光下吟诗赏月，卧看星光，享受着温馨的月夜和父子深情。多年前的月光和这一幕动人的情景也深深印在了"我"的心中，多年后，当"我"也作为父亲，像当年父亲一样送女儿上大学时，尽管经济条件已经改善了，"我"却仍然像父亲一样，在火车站的台阶上卧看牵牛织女星。此时，躺在台阶上的"我"，与其说是沉浸在为女儿读书而节俭的父爱里，不如说是流连在对那段往事回忆的温馨中。他一定看到了，有一个远比星光灿烂的东西，正闪烁在遥远的夜空中，那是父爱的延续，也是一种美好情感的传承。

父亲终于找到了跳入滚滚洪水中的英雄儿子，此时父亲的心里充满了自豪，他坚信自己的儿子没有死，他正在洪水里抢险。

找 儿 子

● 文/刘国芳

父亲眼力不好，父亲平常不大看电视，但长江出现汛情后，父亲开始看电视了。哥哥在部队，父亲不知道哥哥和他们的部队是不是也调往长江大堤了，父亲想在电视里看到哥哥，但父亲未能如愿，他没有看到。父亲有一天把我喊过去，父亲说："你说小刚在不在堤上？"

我说："在吧，哥哥和他的部队几天前就调往九江了。"

父亲说："那我在电视里怎么没有看到他呢？"

我笑了笑，跟父亲说："那里每个人都会被电视拍到呢？"

父亲想想也是，不再问了，只用心看电视。

这天父亲正看着电视，一行人走来，我认识他们中的两个，一个是村长，一个是镇长，其他的人，我就不认识了。父亲看见这么多人来，很紧张的样子。我跟父亲一样，也紧张。我猜想哥哥出了什么事了。果然，他们中的一个开口了，真是那回事。父亲呆了，一动不动坐那儿听他们说，听他们劝，听他们安慰。许久许久，父亲忽然开口了，父亲说："你们骗我，小刚不会死。"

回答父亲的，是一片抽泣声。

父亲第二天出门了，我问父亲去哪里，父亲说去找小刚呀。听到哥哥的名字，我眼睛又红了。我说你去哪里找哥哥，父亲说抚河边呀。我说哥哥不在抚河边。父亲说在，就在。说着，父亲固执地出门了。我当然不放心父亲，跟在父亲身后。河不远，就在村前，不一会儿就到河边，父亲来来回回地走着，找人的样子。是夏天，太热，我怕父亲中暑，便说爸爸回去吧，哥哥不在这里，你在这里找不到他。父亲说瞎说，谁说我找不到他，我记得小刚以前天天在抚河里游泳，你说是不是。我说不错，哥哥以前天天都在这里游泳。父亲说一次村里二丫跌进抚河里，是小刚把她救上来的，是不是。我点点头，我说哥哥岂止救了二丫，还救了狗娃、细崽。父亲说我到这里来找他，怎么会找不到呢。我又抽泣起来，我说："找得到。"

但父亲失望了，父亲哪里找得到哥哥呢。

又一天，父亲也出门了，我问父亲去哪里，父亲仍说去找小刚，但这回父亲没去抚河边，而是往村后山上去。我跟着父亲，还说爸爸你去山上做什么呢。父亲说小刚在山上呀，我去山上找他。我说哥哥不在山上，哥哥怎么会在山上呢。父亲说谁说小刚不在山上，我记得他以前天天上山砍柴，你说是不是。我点点头，我说以前哥哥天天都上山砍柴。父亲说既然小刚天天都上山砍柴，我怎么找不到他呢。说着，我们走到一处山崖了，在那儿父亲要往下爬，我慌忙拉住父亲，我说爸爸你不能再往前走呀，前面是山崖，很危险。父亲说危险什么，我记得以前村里的杏花滚下了山崖，是小刚爬下去把她救上来的，是不是。我又点头，说是。父亲说既然是，我就要去下面找他。我说爸爸你不能去，我们在上面等他吧。父亲看看我，点点头，在那儿站着，等着哥哥。

但父亲失望了，父亲哪里等得到呢。

有几天父亲没去河边也没去山上，父亲只在村里转，一副找人的样子。有人问父亲找谁，父亲说找小刚。村里人听了，眼睛一红，村里人都知道小刚在抗洪时牺牲了，有人跟父亲说在村里找不到小刚，父亲说怎么找不到，我记得以前村里惊了一头牛，疯跑，就要踩着五毛时，小刚过去抓住牛角，推开牛，是不是。村里人说是。父亲说既然是，我就找得到小刚。村里人听了，不做声了。

晚上，父亲还是坐在电视前，父亲依然希望在电视里看到哥哥，为此，父亲每晚每晚都盯着电视一动不动。一天，父亲看见一个抗洪抢险的场面，堤上全是穿迷彩服的军人。父亲看着，突然眼睛一亮，然后叫了一声，父亲说："你看，那不是小刚吗？"

我侧头去看，但画面变了，我便说哪里呀，那不是哥哥。父亲瞪我一眼，父亲说："真的，那是小刚，我没看错，小刚跳进水里，在抢险哩！"

我眼里一片潮湿。

父亲第二天出去，精神明显好了，父亲见了村里人，跟人家说："我看见小刚了，在电视里，他跳进水里，在抢险哩。"

村里人听了，都流泪。

英雄儿子永远活在父亲心里

赏析／安 勇

　　一位英雄在抗洪抢险中牺牲,他悲伤的父亲开始了无助的寻找。他当然不可能再找回活生生的儿子,但这位父亲却找到了儿子从一个普通人,一步步走向英雄时所留下的足迹。在抚河边,父亲找到了儿子当年抢救落水儿童时的身影;在悬崖前,父亲找到儿子当年抢救一位妇女的回忆;在村子里,父亲找到乡亲们对儿子的缅怀和悲思……沿着这条路,父亲终于找到了跳入滚滚洪水中的英雄儿子。此时父亲的心里充满了自豪,他坚信自己的儿子没有死,他正在洪水里抢险。是的,父亲说的没有错,他最后终于找到了自己的儿子。因为一位英雄虽然倒下了,但还会有许许多多的英雄站出来,他们都是这位英雄父亲的儿子,也是我们中华民族的好儿女。

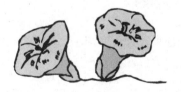

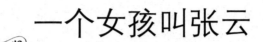

他在街头一次次地呼唤着女儿的名字，父亲多么盼望能有人脆脆地回答一句"哎"呀，但女儿张云没有出现，街上只有父亲孤独的呼唤。

一个女孩叫张云

● 文 / 刘国芳

　　一个女孩出生了，女孩的父亲要为女孩取名字，做父亲的拿出字典来，把一些可以做女孩子名字的字找出来写在纸上：青、琴、芹、云、影、韵、兰、荷、梅、莲、菊、风、霜、雨、雪、雾等等。父亲姓张，把那些字列在纸上，他又逐个把姓连起来：张青，张琴，张兰，张梅……念了许久，父亲还是不能确定女孩叫什么好，最后，父亲把那些字拿给还在坐月子的女孩的母亲看，做母亲的看了许久，开口说："还是叫一个简单好记的吧，我看叫张云就很好。"

　　就有一个女孩叫张云。

　　此后，做父亲的便整天"张云张云"地叫：

　　张云饿了，给她喂奶。

　　张云乖，不哭。

　　张云会笑了。

　　到张云大些，父亲同样整天叫她：

　　张云，吃饭了吗？

　　张云，帮爸爸拿双筷子。

　　张云，帮爸爸买包烟。

　　张云还大些，父亲照样天天叫着：

　　张云，下雨了，快去帮妈妈送伞。

张云,中午你自己煮饭吃。

父亲任何时候喊张云,张云都脆脆地"哎——"一声,父亲让她做什么,张云就做什么。为此,在父亲眼里,张云从来都是一个听话的孩子。

但有一天,张云不听话了。

张云找了个对象,父亲不同意。父亲跟张云说:"张云,找对象的事不要太急,再缓缓,会碰到更好的。"张云说:"我就觉得他很好。"父亲说:"他连工作都没有,好什么好。"张云说:"难道没有工作的人就不要找对象吗?"父亲说:"没有工作,他拿什么养活你。"张云说:"我自己有一双手,我怎么会要他养我。"父亲说:"到时候过苦日子可别后悔。"张云说:"我不后悔。"父亲说:"我这是为你好。"张云说:"你为我好就别干涉我。"父亲说:"这件事我就要干涉你,我不同意你跟他好。"张云说:"你干涉也没有用,我就要跟他好。"

那段日子,父亲每天每天都跟张云说这些,但没有一次说动过张云。有一天父亲就生气了,父亲说:"你要跟他好,就滚出去,我就当没有你这个女儿。"

张云就抹了抹眼泪,跑了出去。

父亲在张云跑出去时,"张云张云"地喊起来,但张云没回头,跑走了。

张云离开后再没回来。

父亲每天都盼着张云回来,而且天天"张云张云"地喊着,但没人应他。后来,父亲就去报上登了寻人启事。父亲在启事上说"父亲错了,张云你回来吧"。把启事登出,父亲甚至又把字典找了出来,他想如果张云回来了,就让他们结婚。等他们有了孩子,他还给孩子取名,父亲于是又把一些可以做名字的字写在纸上:青、琴、芹、盈、影、韵、兰、荷、梅、莲、菊、风、霜、雨、雪、雾等等。

父亲觉得上面哪一个字做名字都好听。

但张云还是没回来。

父亲只好天天上街去找。

有一天父亲就在街上听到一个人喊:

"张云,张云——"

父亲睁大了眼睛。

但应声的,只是一个小女孩。

一个也叫张云的小女孩。

但父亲还是跟着这个小女孩走了很远。后来,小女孩发现父亲跟着她,就回头问了一句,小女孩说:"大伯,你怎么跟着我?"

父亲说:"我也有一个女儿叫张云。"

说着,父亲流泪了。

悔恨能唤回女儿吗？

赏析／安　勇

一个叫张云的女孩，在父亲一声声慈爱的呼唤中，慢慢地长大了。长大了就不再像从前那么听话了，因为男朋友和父亲发生了激烈的摩擦，甚至因为父亲一句赌气的话而离家出走，一去不归。此时的父亲心里充满了悔恨，他怪自己不该阻拦女儿的婚姻，在心里对自己说，如果女儿回来就让他们结婚，甚至他还替女儿的孩子想好了名字。他贴寻人启事，他四处寻找。他在街头一次次地呼唤着女儿的名字，父亲多么盼望能有人脆脆地回答一句"哎"呀，但女儿张云没有出现，街上只有父亲孤独的呼唤。这篇小说告诉我们，爱一个人就要给她(他)独立自主的权利和自由，如果横加干涉，很可能就会遗恨终生。

纸上的声音

温暖我一生的冰灯

往事追随着窗外的雨一滴一滴溅出记忆的水花,这个时候我真的好想再次让您扳起我的手指,算算我们父女独有的一加一数学式……

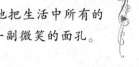

这位看似平常的父亲,其实是多么了不起呀,他把生活中所有的苦辣酸涩,都悄悄咽进肚子里,给大家留下的总是一副微笑的面孔。

我 的 父 亲

● 文/[美]利奥·罗塞顿

不久前我们埋葬了父亲。对父亲的回忆——他的每一次大笑,每一声叹息,每一个微笑——如难以预料的涓涓细流时时在我的脑海中流过。

父亲是个朴实无华的人,一点也不做作、虚伪,他的情趣纯真无邪,他的欲望极易满足,他从不强加于人。对流言蜚语深恶痛绝。从不知道什么叫仇怨或妒忌。我很少听见父亲抱怨,也从未听过他亵渎别人的话。在过去的五十多年里,我一次也未听他讲过低级下流或恶意的想法。

父亲最喜欢和我的母亲、妹妹还有我呆在一起,他的大部分时间都在微笑中度过。他的满足能感染别人,和他在一起总是十分愉快的,因为他从不挑起事端。

父亲爱母亲,对她百依百顺,父亲总是毫不迟疑地相信自己很有福气,赢得了这样一个既美丽又聪明,既端庄又自尊的夫人。在他晚年时,父亲经常起早煮咖啡(他煮的咖啡味道好极了),然后边饮咖啡边读报纸,等着母亲来分享他的快乐。

我从未见过像父亲这样酷爱报纸的人,他读起报纸来小心谨慎,细细品味每一条新闻。对父亲来说,早报唤起每天生活的新鲜感;报纸是一个奇迹与愚行的戏台。

父亲是个天生的故事大王,热衷于让别人开怀大笑。他总是迫不及待地把他刚听到的最新笑话或故事讲给你听。我小的时候,父亲经常用可笑的故事和哑剧来吸引我的注意力。他或腮帮鼓鼓的,或眼睛滴溜溜转,或模仿一种走路姿势,每一次都在你面前展现一个活生生的人物。

父亲经常讲些可笑的怪话来逗我们发笑。他会兴高采烈地喊道:"你们猜猜看,今天早上我遇见了谁?"

"谁?"

"邮递员呀。"

或者他举起食指，问道："你们知不知道伍德罗·威尔逊（美国第三十八届总统）为什么不能用这只手指写字？"

"不知道。为什么？"

"因为这是我的手指呀。"

这些故事听起来荒诞不经吗？你丝毫想像不到这些故事给了我多大的喜悦，因此我感到飘飘然，知道父亲在绞尽脑汁取悦于我，而在取悦一个小孩子的同时，父亲自己也找到了乐趣。

当我有了自己的孩子时，父亲就会给他们讲一些可笑的故事。"唉，"他叹道，"当我像你这么大的时候，我能把手一直举到这儿（他把手举过头顶），可是现在，我只能举到这儿（肩膀那么高）。"

我的孩子会皱起眉头，拧紧眉毛，想现在——过去——这是怎么回事呢。

"啊，是呀，"父亲常会这么说，以给孩子时间去识破他的骗术。"真扫兴。想想看，过去我能举那么高，而现在却不行了——"

这时候孩子尖声喊道："爷爷，看，你刚才还举那么高呢！"

"对呀。我过去能举那么高——"

"可是，爷爷你不正在举那么高吗？"

这时父亲会朗声大笑，骄傲地搂紧孩子或把他举得高高的，说："喔唷！你真机灵，爷爷骗不了你了。"

父亲经常故意这样可笑滑稽。到芝加哥定居不久，他到一家为外国人开办的夜校去。老师叫起他："你能说出一个名词来吗？"

"门。"父亲说。

"很好，再说一个名词。"

"另一扇门。"父亲回答。

我十一岁时，父亲教我下棋。他喜欢这个游戏。六七个月后，当我第一次击败他时，他那股骄傲自豪劲简直难以想像，就像母鸡"咯咯咯"炫耀下蛋一样，父亲总是滔滔不绝地向朋友夸耀一番。

父亲是个充满希望的人，但从没有野心。我母亲是个永不满足，干劲充沛而且很有主意的女人。他们像一个队那样一起干活，母亲设计剪裁服装（做姑娘时她曾在一家纺织厂干过，心灵手巧），采办帽子、围巾等。父亲购买毛线机器，并自己开机编织。

时机成熟时，父母亲雇了几个帮手，开了一家自己的铺子，离家很远。父亲是店主兼制造商，母亲在柜台后接待顾客。他们两人都是积极热情的工会会员，这种从工人到"老板"的地位使我们颇不自在。我永远也忘不了父亲曾企图说服四个雇工组织工会——为争取高薪罢工！

若干年后，当我在大家里读经济学课时，总是忆起这荒谬的一幕——老板力劝工人组织工会罢工，而处于被剥削地位的工人们，对自己的现状心满意足，却被他们异想天开的老板困惑住了。

父亲有许多朋友，但没有一个亲密的，因为父亲那么热爱家庭生活。他很敬佩别人具有他自己所不具有的一些优点：所受的教育，分析能力和创造力。他最崇尚直率的性格。他对别人最大的赞美就是："某人是个了不起的人物，了不起！"我想父亲的意思是"一个了不起的家伙"，但他只说"了不起"。

父亲爱海，在密执安、加利福尼亚和佛罗里达的海滩上度过了许多幸福的时光。他不会游泳，所以从来也未游进没膝的深度。年岁渐大时，他常常坐在海边，让海水拍打着他。看着父亲坐在海边，戴着帽子读报纸，就像一个在澡盆里嬉水的孩子，令人发笑。

丹尼·托马斯曾给我讲述他的父亲——一个健壮傲慢的黎巴嫩人——是如何死去的。老人家最后一次坐在床上，向天堂的方向晃了晃拳头，喊道："让死亡滚蛋吧！"

我的父亲没有像他那样死去。他遭受了一年心脏病、咳嗽、肺气肿的折磨，心衰力竭，在氧气帐中悄然离去。

有一次，在南港一家医院里，父亲抱怨说脸上有些痒痒。于是我把自己的电动剃须刀拿来。我给父亲刮脸时，他问道："你为什么专程大老远从纽约来密执安？"

"没有呀，"我撒谎说，"我碰巧在底特律开会。很幸运。"

"是有些幸运，"父亲叹道，然后笑了，"你是我有生以来请过的最昂贵的理发师。"

父亲出院时，已是憔悴难认了。走路时要用拐杖，靠我的搀扶。我想起了一句犹太谚语："父亲帮助儿子时，两个人都笑了；儿子帮助父亲时，两个人都哭了。"

但我们从未哭过，因为我一直滔滔不绝地谈论我的工作、我的妻子孩子、我的计划——这些都是父亲百听不厌的事情。我攒了一肚子听来的新故事——这些可以转移父亲对自己日渐衰弱的躯体的注意力。我讲话时，父亲微笑着，装出一副痛苦很快就会消失，还有许多时间可以讲话，还有许多故事要讲的样子。

我最后一次见到父亲，是在芝加哥的一家医院里，他在氧气帐的罩子下，奄奄一息，昏睡着。我和妻子向他道别，但父亲没有听见。我给他一个飞吻，我想父亲是看不见的。可是他看见了。父亲点点头，做了一个满是皱纹的鬼脸——当他说"别为我担忧"或"别等我"时,总是做这样的鬼脸。然后他挣扎着将两只手指放到唇边,回报我一个飞吻。

父亲是一个可亲、善良而温和的人,我爱父亲。

父亲去世后,我常去游泳,每天都去。在水里你可以流泪痛哭,当你眼睛红红地出来时,人们会认为那是游泳的缘故。我现在是多么怀念父亲。和我在一起,父亲感到欢愉;和父亲在一起,我是多么轻松快活。

父亲活在我的脑海里——那么栩栩如生;他的音容笑貌时时涌入记忆中。这时我会听见自己在呼喊:"哦,爸爸,爸爸,你真了不起!"

永远微笑

赏析/安 勇

这篇小说让我们看到了一位乐观幽默、对生活充满热情的父亲。他每天都在想着让孩子们快乐的主意,千方百计在家庭里、在自己的周围营造着欢声笑语。他给孩子们讲各种各样的笑话,甚至还劝说自己的雇员们组织罢工和自己对着干。他活得普普通通,没有开创出什么伟大的事业,只有一家不大的铺子。但他却让自己也让周围的人们过得无比快乐。即使是在生命的弥留之际,他还是能回报儿子飞吻,点点头,做一个鬼脸,默默地表示:"别为我担忧。"这位看似平常的父亲,其实是多么了不起呀,他把生活中所有的苦辣酸涩,都悄悄咽进肚子里,给大家留下的总是一副微笑的面孔。我想,总是给别人带来快乐的人,应该就是个伟大的人吧!

> 我发现，即使是一种恶习，但发生在一位和儿子重逢的父亲身上，也变得有几分可爱、让人不禁会发出会心的微笑。

重 逢

● 文/[美]契 佛

　　我最后一次见到我父亲，是在中央车站。当时我是从阿迪龙达克斯的祖母家到科德角我母亲租赁的小别墅去。我给父亲写了封信，说我要在纽约停车一个半小时，问他我们能否一起吃顿午饭。果然，十二点整，我看到他穿过人群走了过来。对我来说，他已经是个陌生人了，因为我母亲三年前就同他离了婚，那以后我就再没有同他见过面。可是当我一眼看到他，我马上认出他就是我的父亲，我的肉和血，我的将来和归宿，我心里清楚，等我长大成人，也许会多少像他这种模样；我只能在他的圈子里奋斗。他是个身材魁伟的美男子，我能够再度见到他，心里真是高兴得要命。他在我背上拍了一下，握了握我的手。"嗨，查理，"他说，"嗨，孩子，我真想带你上我的俱乐部，可它在六十几街呢，要是你非得急着坐车走，我看我们在附近吃点东西吧。"他搂着我，我像母亲闻玫瑰花那样闻着父亲身上的气味。那是一种强烈的威士忌酒、刮脸护肤香水、鞋油、毛料衣服加上成年男性臭味的混合体。我巴望有人看到我们团聚。我真想有人给我们拍张照片。我想为我们父子团聚留个纪念。

　　我们走出火车站，沿着一条小街来到一家饭店。时间尚早，店内空荡荡的。酒吧的侍者正在和一个送货的孩子吵嘴，还有一个穿红外套的上了岁数的侍者坐在厨房门口。我们坐了下来，父亲高声招呼着这个侍者。"堂倌，"他嚷嚷道，"堂倌！总管大人！我叫你哪！"在空荡荡的餐厅里，他这么大声吆喝显得很不合适。"过来照应一下我们好吗？"他高喊着"快，快点儿！"接着拍了拍手掌。这下子引起了那位老侍者的注意，他才拖着脚步朝我们走了过来。

　　"你是朝我拍的手吗？"

　　"别嚷，别嚷，酒掌柜的，"我父亲说，"要是没有过分劳您的大驾——要是没有过分超出您的职责的话，请给我们来两杯吃牛排的吉布森酒好吗？"

　　"我可不喜欢别人朝我拍手。"老侍者说。

"我要是把我的哨子带来就好了，"我父亲说，"我有一把哨子，是专门用来吹给老侍者听的。得了，拿出你的小票本和铅笔头吧，看您能不能利利落落地把这点事办了：两杯吃牛排的吉布森酒。跟着我重复一遍：两杯吃牛排的吉布森酒。"

"我看你们最好上别的地方去吧。"老侍者不急不慢地说。

"这，"我父亲说，"可是一个我闻所未闻的最绝妙的主意。起来，查理，让我们离开这个鬼地方。"

我随父亲走出那家饭馆，进了另一家。这次他可不那样大声嚷嚷了。我们要的酒端来了，他盘问我一番关于这个棒球节比赛情况，然后用餐刀敲着空酒杯的边，又开始喊叫起米："堂倌！堂倌！总管大人！喂！麻烦你们再给我们来两杯这种酒。"

"这孩子多大了？"侍者问道。

"那不关你的事。"父亲说。

"对不起，先生，"侍者说，"我可不能给这孩子上第二杯酒。"

"那好！我告诉你一条新闻，"父亲说，"我告诉你一条很有意思的新闻。好在纽约的饭馆还不是你们独此一家。他们在拐角上还开着一家呢！查理。"

他付了账，我又随他出了那家饭馆进了另一家。这家的侍者们都穿猎装式的粉红色夹克，墙上挂着许多马具。我们就了座，父亲又开始喊叫起来："猎犬总管，发现狐狸啦，大家快上啊！还该喊些什么，都来吧，我们要喝点送行酒，给来两杯吉布森——吃牛排的酒。"

"两杯吉布森——吃牛排的酒？"侍者笑着问。

"你明明知道我要的是什么，"父亲发火说，"我要两杯吃牛排的吉布森酒，甭废话啦，在这快活的古老的英格兰，世道可真变啦，这是我那位公爵朋友给我讲的。我们来尝尝英格兰在做鸡尾酒上头有点啥名堂。"

"这儿可不是英格兰。"侍者说。

"甭拌嘴了，"父亲说，"照我的话去办吧。"

"我刚刚想起，你也许乐意知道你现在身在何地吧。"侍者说。

"如果有一件我不能容忍的事情的话，"父亲说，"那就是眼下有一个不懂礼貌的佣人。走吧，查理。"

我们进的第四家是个意大利饭馆。"您好，"父亲说，"请来两杯美式鸡尾酒，要劲大点的，带苦味的杜松子酒，不要那么甜的。"

"我不懂意大利话。"侍者说。

"哦，别装蒜了，"父亲说，"你懂意大利话，你很清楚你懂。我要两杯美式鸡尾酒，马上端来。"

那个侍者离开我们，去和领班嘀咕了几句，领班走到我们桌子跟前说："对不起,先生,这张桌子有人预订了。"

"好吧,"父亲说,"给我们换张桌子。"

"所有的桌子全都预订完了。"领班说。

"我明白了,"父亲说,"你不希望我们光顾,对不对? 见你的鬼去吧! 你想下地狱了。咱们走吧,查理! "

"我得上火车了。"我说。

"对不起,孩子,"父亲说,"实在是对不起。"他用胳膊把我抱得紧紧的。"我陪你走回车站去,可惜没时间上我的俱乐部去了。"

"那没什么,爹! "我说。

"我给你去买报纸,"他说,"给你买份报纸在火车上看。"

于是他走到一个报摊前说:"好心先生,劳驾给我一份一毛钱的他妈的下午版的烂报纸来。"那个伙计背转身去,瞅着一份杂志封面不睬他。"我要求是不是太高了,好心先生,"父亲说,"我问你买一份你那当样品的叫人恶心的下流报纸是不是要求太高了? "

"我真得走了,爹,"我说,"来不及了。"

"别,等等,孩子,"他说,"稍等一会儿,我得逗逗这个混蛋发火。"

"再见了,爹。"我边说边下台阶,跳上我要搭的车,那就是我最后一次见到我的父亲。

另类父亲也爱儿

赏析/安 勇

《重逢》里的这位父亲很可能是本书一百个父亲里,最与众不同,或者说最另类的一位父亲。除了喝酒、与人争吵、找碴闹事外,从他的身上我们几乎看不到什么常说的那种闪光的地方。即使是与几年不见的儿子重逢,他所做的也不过是请儿子喝酒。也许正是因为他身上的这些恶习,才造成妻子和他分道扬镳吧! 但我们别忘了,这位父亲已经几年不见儿子了,他此时的心情一定非常兴奋,他急于向儿子表达自己的爱意。他之所以带着儿子在一个个酒店之间穿梭,大概是在他看来,请儿子痛快地喝两杯,就是庆贺重逢的最好方式吧! 我还注意到他在儿子面前和酒店的侍者对话时,一直在竭力表现着来自一位父亲的尊严——尽管这种尊严很蹩脚,不礼貌,甚至有些拙劣。读过这篇文章后,我发现,即使是一种恶习,但发生在一位和儿子重逢的父亲身上,也变得有几分可爱、让人不禁会发出会心的微笑。

《那一年》让我们想起了过去那段岁月，也让我们问自己，如今的日子该怎样去过？

那 一 年

● 文/郭 昕

"七十四块三毛八。"

当生猪收购站那个鹰钩鼻子把那些大的小的软的硬的票子推到爹面前时，爹似乎被它们吓住了。半天才想起伸手，伸到半道又缩回去了。哈着腰小心翼翼地问鹰钩鼻子：

"七十四块——三毛八？"

"没错，老头。"鹰钩鼻子不耐烦了，随手把钱一划拉，说："一边去，老头。"

钱出溜到了桌边，两张小票顺桌角滑下，在冬日的黄昏中飘飘洒洒。爹慌慌地伸手去抓，票子像是故意跟爹捣蛋样左扭右摆最终还是巧妙地落在了地上。不等爹弯腰，我麻利蹲下，捏起它们拍打拍打又捋得平平展展递到爹的手上。

我从没见过这么多钱。去年队里分红，爹和娘干了一年分了十六块四毛二。这七十四块三毛八比十六块四毛二多多少呀，我算不清，也顾不上算清，只知道欢喜地咧着大嘴看着爹。

爹好像不会笑。见着这么多的钱他也不笑。爹"呸呸"往拇指和食指上吐了些唾沫，把钱一张一张仔仔细细点了两遍，又在桌上蹾了几下，最后大票在下，小票在中间，几个硬币规规整整码在最上边，一卷，掖到黑棉袄里面。

"回啦。二小。"

我站那里不动。

"家走呀。"爹催我。

"爹——你说猪卖了给我买挂炮……"

爹愣了愣，手抬起来，我仰脸盯住爹的手。爹的手把没扣住的黑棉袄扣子扣好就放下了。

"爹——"

"啥时候了，铺子都关门了，下回吧。"

我的心一下凉透了。要不是爹说过卖了猪给我买一挂炮，我才不跟他跑二十多里冤枉路呢！下回，下回在哪儿呀，从我记事起，这是我家卖的第一口猪。

"爹——"我喊着，泪蛋就要掉下来。

爹不看我，端起车把在前面走了。

再有两天就是腊月二十三了，我们这儿叫小年。街旁那家灶屋里飘出一股好闻的猪肉白菜炖粉条的香味，诱得我使劲吸了两下鼻子。结果，连收购站厚厚的猪骚气都吸进去了。

我把裤子往上提了提，极不情愿地撵爹去了。

出了公社这条小街就是高高低低的黄土路了。远远的庄子上有一缕缕白烟升起，一两只回窝的鸟急急地打头顶飞过。我跟在爹后面，脚踢着土坷垃心里骂着爹。还是爹呢，说话不算数，谁跟你叫爹呀！我故意走得很慢，慢着慢着就看不到爹了，我干脆一屁股坐到路中间。等一会儿就听前面喊："二小——二小——"我不搭理。又是几声："二小——二小——"我磨磨蹭蹭地站起。等又看到爹时，爹蹲在路边数钱。见我过来了，爹把钱掖到怀里，拍拍棉袄。

"坐上吧。"

我一扭身，给爹一个脊梁。

"坐上吧，二小。"爹架好车等着我上去。

我想起爹怀里揣着七十四块三毛八，爹答应过给我买炮说话不算话，心里就堵上一个大疙瘩，我想起爹晌午跟我一样喝了两碗红薯面饸饹，推着二百来斤的猪走了二十多里地，爹的个子好高好高，爹的背已经有点驼了。爹这会儿驼着背端着车把等我上车，心里的疙瘩就软了，化了。

"爹——"

"上去吧，推着走快点儿。"

天差不多黑透了，偶尔有一两声狗叫传来。车轮吱扭吱扭叫着，在黄土路上滚动，颠得我上下眼皮直打架，风呜呜地吹着，棉袄变得跟张薄纸一样。好冷啊，怎么还没到家。什么东西搭到身上，暖暖的。我闭着眼抓一把，噢，是爹的大棉袄。爹推了我一路，该下来走走了，可浑身酸软，一动也不想动。好像是过桥了，那座长长的石拱桥。车头翘起来了，高高的，车屁股又撅起来了，高高的。迷糊当中，听到哪儿响了一声"当啷"。好了，过完桥，再有一里多就到家了。想睁眼看看爹，却怎么也睁不开。

睡得好香啊，谁在那里说话，烦死人了。

"他爹，不对呀。"

"不能吧。路上点几回都够数。"

"唉，对不上呀，别是丢哪儿了吧。"

我打了个尿颤惊醒了，睁开眼，外屋亮着灯，爹和娘正在说什么。说什么，听一阵，想起爹的大棉袄，想起桥上那一声"当啷"。想说不敢说，不说又不甘心。

"爹——"我试探着小声叫。

"睡你的。"爹极不耐烦。

我壮壮胆子，声音再大一点儿。

"是不是丢桥上了，我好像……好像……"

"啥？"爹从外屋冲进来，娘端着油灯忙不迭跟在后面。

"你说啥？"爹的影子投在土墙上老大老大，晃晃悠悠的，看得我心里发毛。

"过桥时，我好像听见……"

不等我说出听见什么，爹抡圆了胳膊，照我左腮帮子上就是一巴掌。"啪"的一声，左半边脸顿时热辣辣的，耳朵"嗡嗡"地叫起来。

从记事起，这是爹第一次认真地打我。我不知道自己犯了什么错。我生怕爹再来第二下，第三下，忙抬起胳膊抱住了头。

爹只打了那一下。等我放下双手哆哆嗦嗦走到外屋时，爹和娘都不见了。我扑到院门口，只见夜色中晃动着一团红光，很快地远了，远了。

我躺在一动就吱吱叫的破板床上，睁大了眼看着黑糊糊的土墙。鸡叫过头遍了；鸡叫过二遍了；鸡开始叫三遍了。

门响了，我忽地跳下床往外跑。

娘进来了，手里拎着家里那盏小灯笼，一脸的疲惫和欣慰。后面是爹。爹的个子老高老高，进屋时都要弯一下腰。看到我，爹笑了一下，笑得很涩很涩，"找到了，二小。"长这么大，我第一次看见爹笑。

爹的右手攥得紧紧的，慢慢伸到我眼前，又慢慢地张开了手掌。

手掌上，静静地躺着一枚五分硬币。

那一年，我刚刚八岁。

困苦岁月里的爱

赏析/安　勇

　　《那一年》这篇小说里的故事发生在一段困苦的岁月里,背景是"爹和娘干了一年分了十六块四毛二"的中国农村。在春节前夕,爹带着"我"卖掉了一头猪。爹当然也想给孩子买挂鞭炮,或者是买些好吃的东西。但在爹的身上肩负着全家生活的重担,卖猪换来的钱,很可能是全家几年里的生活费用。半夜里,当爹和娘突然发现丢了钱后,惶恐不安地连夜就去寻找。尽管他们找回的只是如今看来微不足道的五分钱,但那份失而复得的欣喜还是难以抑制。我记得在我小时候,五分钱可以买到一块豆腐,能让全家人吃顿香甜的饭。《那一年》让我们想起了过去那段岁月,也让我们问自己,如今的日子该怎样去过?

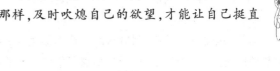

在人生的道路上该如何把握住自己的方向，无疑是个严峻的主题。只有像小说里说的那样，及时吹熄自己的欲望，才能让自己挺直腰杆儿地做人。

蜡　烛

●文/胡　炎

父亲说："孩子，我考你一道题。"

他静静地坐在父亲对面，等待着那道神秘的考题。

"房间里点着五支蜡烛，刮来一阵风，吹熄了一支，那么，第二天早上还剩几支呢？"

他稍稍思忖一下，答："五支。"

"为什么呢？"

"一支熄灭的，四支燃烧的，总数还是五支呀。"

父亲摇了摇头："不对，孩子，只剩一支了。"

"为什么？"他困惑。

"因为那四支都燃尽了。"

……

这是多年前的一个晚上，发生在一方斗室里的情景。那时，他还不到十岁。

现在，他长大了，并且是纪检委的一个领导。而父亲，已经下世几年了。

他有四个要好的朋友，分别居于四个处级单位的要职上。有空时，他们免不了常聚聚，都不怎么说官场事，只叙旧，回忆同窗时无忧无虑的日子。不过，分手时，他还是避免不了他的"职业病"。

"弟兄们官做大了，都悠着点啊。"

朋友就笑，说："不怕，有纪检委的哥们儿罩着呢。"

他也笑笑，不说什么了。

他的家很清寒。父亲没给他留下什么，他又找了个家在农村的妻子，是他的同学，写一手好文章。只是，负担太重。

那天朋友中的一个登门，坐在老式沙发上，直摇头。朋友说："怎么还是这个样

143

子？年代不同了，提高提高吧。"

"惯了，挺好。"他说。

朋友一叹："佩服。"

这年，岳父母相继患了脑血栓，一个左偏瘫，一个右偏瘫。住在偏远的乡下，医护条件跟不上，万一有个意外，只怕误了大事。妻子不放心，他也不放心。他对妻子说："把二老接过来吧，好有个照应。"

妻子眼圈红了："只怕委屈了你和孩子，房子太小……"

他笑笑："一家人挤着，倒热闹些。"

房子本就狭窄，两个病人住下，真的是磨不开身了。朋友又登门了，说是看看老人。临走，朋友没说什么，递给他一把钥匙。他不解。

"换套房子住吧，哥们儿一点儿心意。"

他真的有点心动。他知道朋友很阔，房子好几套。但他哪儿来那么多钱？他敲打过朋友，但朋友很坦然，说："别担心，不会给哥们儿找麻烦。"……他把钥匙在手上掂量了一阵，还是还给了朋友。

"这点面子都不给？"朋友悻悻地。

"情我领了，我的脾性你还不知道？知足常乐。"他说得很轻松。

朋友意味深长地拍了拍他的肩，走了。

不久，他接到了许多举报信，反映朋友的问题……

"兄弟全看你的了。"朋友说。

他抬起头，许久许久一言不发。末了儿，他说："咱们还是看看良心吧。"

朋友入狱了，他一个人跑到一个僻静处，悄悄地流了一通泪。

几年后，他当上了纪委书记。而他的四个朋友，相继栽在了他的手上……

闲暇时，他常常静坐窗前。窗台上，总有五支蜡烛。他点燃它们，烛光中便浮出父亲的面容。父亲说："生命如烛，欲望似火。人的一生，就是在和欲望较量。"他又想起了多年前的那道题，现在，他是五个好友中惟一没有倒下的人了，就像那支惟一剩下的蜡烛。而当他在诱惑面前动摇的时候，他知道自己该怎么做。

"吹熄它！"这是一个严父，也是一个老纪委书记的话。

是的，吹熄它，爸爸。他把蜡烛全部吹灭，放在窗台。五支蜡烛，笔直地挺立着……

父亲的哲理

赏析／安 勇

　　《蜡烛》是篇寓意极强的小说,它从始至终都在讲人该如何面对自己的欲望。我们看到,小说里"我"的四个朋友就是因为控制不住欲望,让欲望的火焰肆意燃烧,最终烧掉了自己的前程。诚然,在现实生活中充满着各种各样的诱惑,每一种诱惑都像一个岔路口,很可能引人走上歧途。在人生的道路上该如何把握住自己的方向,无疑是个严峻的主题。只有像小说里说的那样,及时吹熄自己的欲望,才能让自己挺直腰杆儿做人。蜡烛的故事还是一位做了一生纪检干部的父亲给儿子的箴言,这位父亲把这条深刻的人生哲理留给儿子,无疑是给了儿子一笔最宝贵的财富,也给儿子指出了一条走向光明的人生之路。

此时的父亲心情肯定无比复杂,既有一位慈父的心痛,也有一种深深的自责和对儿子、对整个社会的愧疚。

父 子 仇

● 文/吴志彬

强是父亲惟一的亲人。

自从强高中休学,交上不三不四的朋友,父亲不再给他一分钱。但这次强相信父亲会救他,父亲开着全市最大的超市,有的是钱。

强进局子已不是第一次,可哪次都没有这次惨。案子是同二狗做下的,盗窃金额达十万元,三个月不到就挥霍殆尽。二狗家里砸锅卖铁凑了五万。二狗态度好,是从犯,给保释了。

可父亲没来,只捎来他的愤怒。这小子该判,我不会为此花一分钱,就算没养这个儿子!

强被判了十二年。强错误估计了父亲,否则,他不会那么横,拒不认罪。

强被解押那天,父亲来了。父亲脸色苍白,头发凌乱,风吹得他直晃。强两眼喷火,烧着父亲,要不是武警押住,他会扑向父亲。父亲嗫嚅半天,说出一句话:好好改造。

呸!强把一口唾沫吐在父亲脸上,转身上了囚车,父亲没动,任唾沫挂在脸上,看着远去的囚车,心碎成一片废墟。车里的强没有回头,紧紧咬住牙根……

监狱里的强没有一天不想到父亲。禁锢的牢房,冰冷的铁窗,像猛兽般撕咬着他的灵魂和理智,对于父亲的仇恨一天天剧增。他不得不主动挑最重的活儿干,把自己累成一摊烂泥才能入睡。他想好了复仇的计划,并决定一出狱就开始实施……

十年过去了,强因立功被提前释放。

强没有回家,而是去找二狗。二狗是他复仇计划的一部分。他要让那个老家伙一贫如洗、流落街头。

二狗三年前被枪毙了!强听到这个消息,像被雷劈中,汗水湿透了衣裳。他又去打听父亲的超市,也早关门了。

　　强推开了家门,屋子很暗,父亲面对门坐着,头也没抬,仿佛一切都在意料中。十年的时间,父亲老得没了人形。

　　父亲轻问:去过二狗家了?

　　嗯。强的鼻腔不顺畅。

　　父亲抬头:爸对不住你,爸本以为钱能带给你一切,所以只顾赚钱。爸知错已经晚了。但那一次爸没有做错,那是救你的惟一的办法……

　　儿子深深低下了头。

　　父亲又说,爸害了你也祸害了社会。我把钱全捐了,算是替你也替我自己赎罪。

　　爸!别说了。强哽咽道。

　　父亲接着说,这十年我替人打工,体会你在狱中的痛苦,也攒下一些血汗钱,就等你出来做个本钱,咱们重新……重新开始……

　　强已泣不成声,长跪不起。

用爱唤回儿子的良知

赏析/安　勇

　　强的父亲在儿子一次次违法犯罪后,冷静地检讨了自己过去对儿子教育上的错误。痛下决心,将儿子送进了监狱。作为深爱儿子的父亲,当然不愿眼睁睁看着儿子成为阶下囚。但父亲已经懂得了,只有接受法律的严惩,儿子才能彻底痛改前非,重新做人。此时的父亲心情肯定无比复杂,既有一位慈父的心痛,也有一种深深的自责和对儿子、对整个社会的愧疚。于是他做出一个决定,毅然捐出了他的全部资产,边打工体会儿子在狱中的处境,边等待着儿子走出监狱大门的那一天。强在了解事实真相看到同案犯二狗因为再次犯罪命丧黄泉时,终于明白了父亲的良苦用心,长跪在父亲面前,发誓重新做人。我想,此时父亲的心情一定无比欣慰,因为他终于用自己的爱,唤回了儿子的良知,把儿子引上了正路。

从前一幅画面里，我们能轻易看到父子之间那种温馨的亲情，他们在路上唱戏、去庙里看画，每一件小事都浸满了让人回味的柔情。

父子之间的怯意

●文/韩 羽

我怕我父亲，他打我是真打。看着他瞪圆了眼，一步一步逼近，我不敢躲，绷紧了肌肉等着，于是父亲一巴掌扇了过来，于是我脑袋"嗡"的一声……

有时却是另一副样子，比如去下地，他在前边头也不回地说："唱一个我听听。"我在后边就模仿戏台上的花脸"呜呜哇哇"地唱起来。他说："瞎胡唱，别唱了。"我说："你唱一个。"他唱起来："我不该，咳咳咳咳，老王爷，咳咳咳咳……"也是随唱随编，瞎胡唱，越唱越带劲儿。

我家有个大宜兴壶，下地回来，泡上壶茶，父亲喝高兴了，还逼着我们喝。说"逼"，是因为我们喜欢喝凉水，不喜欢喝茶。"过来，喝！多清香，又解暑，你喝不喝？想挨揍啊！"

我们俩常常一起去看庙。"看庙"二字，说句文词，是父亲"杜撰"的。看庙就是去看庙里的壁画，是让我开阔眼界，是培养我画画的一种方式，这很有点像现在的参观美术展览馆或画廊。我父亲本是老农民，竟与文人想到了一起。

吃过早饭，父亲将粪筐往肩上一背，抄起粪叉说："走，看庙去。"母亲说："今儿不拉土了？"父亲说："回来再说。"我们就在这"回来再说"的空当里看了许多庙。庙有大有小，有远有近。近则三五里，远则十几里。一去一回就是几十里。全堂邑县境内的庙我们几乎都看遍了。

父亲对庙里壁画还加以评论。他指着《八仙过海》的海水说："你看这水，涟涟地像是在颤动。"又用手摸着墙说："这墙是平的，你再远看，不是坑坑洼洼地凸起来了吗？"父亲惊奇了，我也惊奇。其实现在看来，稀松得很，无非是靠了反复重叠的弧形线条引起的错觉。父亲最佩服的是《八破图》，破扇子、破信封、破书本、破眼镜盒……他像在集市上买粮食时将粮食粒拈来拈去还嚼一嚼那样仔细，猫着腰将那画上的破信封的一角又摸又抠，远瞧瞧，近瞅瞅，长叹一口气说："像真烧焦了一样。"他一指点，我也惊叹起来。最后，总是照例的一句话："使劲看，好好记住。"

我十二岁那年考上初中，学校在聊城，离家十五公里多。过了正月十五，要开学了。吃过早饭上路，父亲背上粪筐跟我走了出来，虽没说话，我知道他是送我。一直走出十公里开外看见聊城古楼了，他说："快到了，你走吧。"这时旷野无人，惟有寒风积雪，一抹虚白的阳光和远处村落里的几声鸡啼。望着逐渐远去的、背着粪筐的父亲的身影，我只想返身向他追去。

再以后，我参加了工作，按家乡人的看法，凡是吃公家饭的就是"干部"。我很少回家了，一晃就是十几年，大约是一九六〇年，父亲到天津看我来了。我说："今儿咱们上街吃一顿狗不理包子，再领你去看美术展览。"他问什么是美术展览，我觉着一两句话也说不清，我提起以前的事："我小时你不是常领我去看庙吗？和看庙差不多。"

刚走过劝业场，我一回头，见他正弯着腰从地上捡烟头，我嚷了一声："扔了！你也不嫌脏。"他赶紧扔了烟头，眼神带有惶惑和惧意。这眼神使我凄然，是什么使父亲对我有了怯意？我反而愿意再看到小时候父亲扇我巴掌时那瞪圆了的眼。

父子的怯意

赏析／安 勇

这篇小说让我们看到的是两幅对比鲜明的画面，一幅是"我"儿时跟在父亲后面、在父亲威严下的怯意，另一幅是"我"从农村来到城市参加工作，当上"干部"后，父亲在"我"面前的怯意。从前一幅画面里，我们能轻易看到父子之间那种温馨的亲情，他们在路上唱戏、去庙里看画，每一件小事都浸满了让人回味的柔情。但后一幅画面里，这种亲情已经变得很淡了，甚至父亲还对自己的儿子产生了怯意。同样一对父子，为什么时隔多年后会有这样的变化呢？我想，父子间怯意的转换首先是一种城乡之间的差别，接着还是一种地位上的悬殊。尤其是后一点，让人无比心酸。读到父亲惧怕的眼神时，我仿佛看见了《故乡》里闰土的身影，在我眼前一晃而过，和父亲的形象叠加在一起。

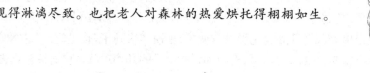

山　魂

●文/陈茂智

柱子把父亲背上了山。

柱子说："爹,你考我吧?"

爹摇摇头,只问午饭吃什么菜。柱子说,昨天下山专门买了猪肉,还有酒。爹问:"有豆子吗?"

柱子说:"有,买了五公斤呢!"

爹说:"那就吃豆子吧。煮一碗,熬一碗,炒一碗,别的菜都不要。"

柱子就按父亲安排的去做。父亲坐在木凳上,什么话也不说。后来,父亲站了起来,来到朝东的一个窗口,拿起望远镜朝外望。父亲说:"柱儿,东山那边的映山红还没谢呢!"

柱子就笑:"爹,都六月天了,哪儿还有映山红呢!那是杉木林长的新芽,被太阳映红了哩!"父亲来到北边窗口,举起望远镜望了好一会儿,又问:"柱儿,北山那边冒了好几股烟,不是山火吧?"

柱子停了手里的活儿,问那烟什么颜色。父亲说:"烟色淡黄。"柱子说:"那是牛桠冲砍杂木烧荒呢。"父亲又说:"还有几处冒白烟呢!"柱子说:"那是村民在烧草木灰。"父亲停了会儿,突然惊叫起来:"哟,柱儿,那边的烟好大,灰黑灰黑地直冒呢!"

柱子哗啦一声,把一碗豆子撒落了:"糟糕,那肯定是杉木着火了!什么方向,快给我看看。"柱子奔过来就把父亲手里的望远镜夺了过去。

父亲就笑:"柱儿,爹是瞎子,乱讲的哩。"

柱子用望远镜朝四面的窗口望了望,这才松了口气。他看了父亲好一阵,记起父亲已经失明了,搔搔头,不好意思地笑了。

吃午饭了,柱子给父亲倒了一碗酒。父亲问:"你呢?"柱子说:"我不喝。"父问为啥不喝,柱子说喝酒口干,要喝水哩。父亲将儿子做的每样菜都尝了尝,说:"熬的煮的豆子淡了些,炒豆子咸了点。"

柱子说:"菜淡些,喝水少;炒豆子有些燥,放咸些好少吃几颗,调调口味就成,吃多了,水不够喝。"父亲听了,默不作声。

吃罢饭,父亲说,把碗洗了吧。柱子说,淘米做饭再洗。父亲咂吧着嘴,说你这豆子怎么吃出股鸡肉的味道。柱子说他熬豆子时放了点儿山鸡骨头。父亲笑着说,你手艺比我强多了。

柱子走出杉皮盖的木屋,顺手从野藤上摘了两片叶子,父亲竟像看见了似的,说:"给我一片。"两人就把叶片抿在唇边,吹起小曲儿来。那曲儿就悠悠地从木屋里飘散出去,跟山风、松涛、鸟鸣融在了一块儿……

下山的时候,父亲说:"柱儿啊,做高山瞭望员什么苦都有,这吃喝两项最难。下山一次不容易,经得起十天半月吃的,只有豆子,你把豆子做好了,就挺得下去了;还有水,能省着喝也是一门学问。至于看地形、看烟色,这些准确报告森林火警的关键,你都掌握了。柱儿,你考试合格了,爹可以安心地退休了!"

柱子要背父亲下山,父亲死活不肯。父亲说:"你别以为爹眼睛瞎了,这路是爹开的,有多少弯弯拐拐坑坑坎坎爹都清楚。几十年了,这点本领都没有,国家岂不白养了我。上山你背我,那是爹考你的体力和耐力。"

父亲一步一回首朝山下走去,直到融进大山像一粒小黑豆的时候,柱子的泪才流下来……

交班

赏析/安 勇

在柱子把失明的父亲背上山之前,作为一位老高山瞭望员的父亲肯定已经告诉过儿子,他要考一考儿子是否能做个合格的接班人。于是,一场考试就在不知不觉中进行了。父亲看似不经意的一些提问和做法,其实都是父亲精心设计好的一道考题。柱子圆满地回答了这些问题,顺利通过了父亲的考试后,父亲终于满意地把自己的位置交给了儿子,独自一人,走向了下山的路。小说通过考试这个巧妙的情节,把一位尽心尽责的高山瞭望员形象表现得淋漓尽致。也把老人对森林的热爱烘托得栩栩如生。

这篇小说让我们明白了生命中有一种宝贵的品质，那就是坚持。

无 名 花

●文/尹 俊

那年夏天，我的情绪简直糟透到了极点。

伴随着那场可恶的车祸的发生，五彩斑斓的日子一时间全都褪去了色彩，变得灰暗。

天空是灰色的。

记忆是灰色的。

理智也是灰色的。

我甚至想到了死，可母亲那叫人心碎肠断的泪水，又迫使我不忍作出轻率的选择。

爸爸得知这一消息后，很快就给我回了信，信中还意外地夹寄了一朵早已枯萎了的纤弱的无名小花。

信中说，这花是他连里的一位和我是同龄人的"小胡子"兵，在看了我的信后，悄悄地一个人从一座陡峭的悬崖上为我采摘的。

信的最后，爸爸还特意提醒我，别小看了这朵小花，它可是花的家族中的骄傲。因为，无论在严冬还是盛夏，它都能不顾冰雪和酷暑摧残顽强地生长着，并开出艳丽的花来。

我当然理解爸爸的良苦用心，更感激那位不知名的同龄人给我的鼓励。可失去一条腿的现实，时时在折磨着我，使我无力从痛苦与失望中挣脱出来。

我没有给爸爸回信，因为我实在没有勇气和信心，在信中给他一个他所希望的答复。

我只有拄着母亲流着泪为我做成的拐杖，漫步于小城的每一条大街小巷。试图用童年美好的回忆，来减轻我心理上的负重。

尝试，失望。

失望,再尝试。

我几乎陷入了绝望的境地。

半个月后,我又收到了爸爸的第二封来信。信中仍然夹寄着一朵淡黄色的无名小花。

信写得很短。寥寥数语静静地告诉我,这花同样是那位"小胡子"兵为我采摘的。而且他还说,今后每过十天,他都会给我寄来一朵。直到有一天,我不要他寄为止。

读完信,我已没有了往日的泪水。

我呆立在窗前,注视着手里的小花和窗外明净如镜的天空,陷入了苦苦的思索之中。

我不忍再闭上我的眼睛,因为此时我的脑海里已满是那位"小胡子"兵攀登时的身影。

我决计要振作起来——

为了我年轻的生命,

为了我童年的梦幻,

为了我执著的追求与信念。

我发疯似的扔掉了手中的拐杖,闩上门,整日整夜地趴在书桌上,没命地写着,写着。

手指磨出了血泡,鲜血染红了手中的笔,也染红了每一朵寄自北疆的无名小花。

以后的日子,我期待着爸爸的每一封来信,因为,那风吹不折雪压不垮的无名小花,将带给我无穷的鼓舞和力量。

终于,我的第一篇小说《寻找失落的太阳》在 A 杂志发表了。收到样书的那天,我哭了,哭了整整一下午。

那夜,我又一次失眠了。

我流着泪给爸爸写了一封信,信里什么也没说,只是请求爸爸让那位"小胡子"兵给我寄最后一朵小花来。

焦急中,我收到了爸爸的回信。小心翼翼地拆开,信封里却没有半朵花的影子。

孩子:

有件事本不想告诉你,可事到如今也只好说穿了。

给你寄来的花中,其实除第一朵是那位"小胡子"兵自己亲手摘的外，其余的都是我采的。因为，他早已在一次执行任务中为抢救战友光荣牺牲了。牺牲前，我答应了他的恳求，以他的名义，每十天给你寄一朵小花。

......

我不忍再读下去。

我的视线早已一片模糊，

我决定明天就去一趟北疆哨所，把这些被鲜血染红了的无名小花，统统地敬献在他的墓前。

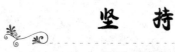

坚 持

赏析／安 勇

在遥远的北疆哨所，一位和我同年龄的"小胡子"兵，和一朵朵夹在信中的无名野花，像一只有力的手把残疾的我在人生的路上扶了起来，让我重新鼓起了生活的勇气，找到了新的追求和方向。但当我发表了第一篇小说后，在父亲的回信里才知道，和我同年龄的"小胡子"兵早在一次执行任务中光荣地牺牲了。那些小花原来是他在临终前给我的鼓励和希望。这篇小说让我们明白了生命中有一种宝贵的品质，那就是坚持。就像那朵无论是在严冬还是在盛夏，无论是冰雪还是酷暑，都在悬崖上傲然绽放的无名花。也像那位年轻的战士闪光的品质。我想那种无名花的名字应该就叫坚持吧。

他的耳朵虽然听不到声音了，但一颗父亲的心仍然为远方的儿子担忧、惦念、欣喜和快乐着。

纸上的声音

● 文/古 溪

不知怎的，最近隔三差五就能收到父亲的来信，而结尾总忘不了提醒我尽快回信。而恰好，这段时间，忙工作、忙考试、忙花前月下，给家里去电话，说：我会多打电话回来，信会写得少些。电话那头，一阵少许的沉默后，母亲缓缓地说："平儿呀，你爸现在也没啥爱好，就盼着看你写的信，你就多写写吧！"

父亲喜欢读我的信由来已久。大学时，每星期一篇五千字的信，雷打不动。以至于我后来走上文学创作这条路，很大程度上得益于四年中和父亲通的那近百万字的家信。

参加工作后，在网络、传真、电话早已普及的今天，笔端所流淌的温情远没有现代通讯工具来得这般迅捷、便利。信少了，和父亲的联系却加强了。有时，三更半夜还躺在被窝里和父亲拉话，一唠叨便忘记了时间。父亲说："儿呀，时间少了，工作忙了，没空写信，电话不能少！"

谁知，没多久，父亲开始反悔了。非要一封接一封给我来信了，还嘱咐我每两封信必回一封。父亲又恢复了原来的那种这边唱来那边和的通信方式，开始絮絮叨叨讲隔壁老凤婆家的那只芦花鸡抱了十二只小鸡崽，因霜冻，昨晚死了六只。末了，还连打六个惊叹号，直呼可惜。

我笑着摇头，给父亲去电话。不料，他死活不肯与我通话。无奈，我只有拿起笔回信：北京动物园的黑熊，生了四只小熊，其中一只被一个没有素质的人泼了硫酸，却大难不死。写了一小半，我又忍不住给父亲拨电话，接电话的仍是母亲。我说，我想和父亲唠唠。母亲说："你父亲正给你写信呢！"我一听，急了："甭写了，我现在就想和他通电话！"母亲嘘着声，示意我轻点声，而后，母亲悄悄对我说："别嚷嚷，你父亲正写在兴头哩！"

我实在已经厌倦了这种落后的通讯方式，现在都是无纸化办公了，谁还耐烦拿笔写东西啊。我犹豫片刻，便拿起手机，再次给家里挂起了电话。电话那头，一阵短暂的沉默后,我听见了父亲沉重的呼吸声,良久,父亲重重地哀叹道:"儿呀,有啥话就不能写在纸上吗?"

心烦意乱的我,一急之下把那封未写完的回信揉成一团扔进了垃圾筐。

几天后,我到离家不远的城市出差。出差结束后,我决定悄悄回家一趟,给父母一个意外的惊喜。

推开门,父亲戴着老花镜靠着窗台背对我看报纸。

"爸,我回来啦!"我兴奋地叫着。不料,父亲却毫无反应。

"爸,我回来啦!"我又提高了几个分贝,或许他读报太专心,没听到吧。

父亲还是没有听见。

心生纳闷的我正要走过去探个究竟,这时,母亲买菜回来。看到我,她惊讶得把手里的东西洒落了一地,失声叫了起来:"平儿,你,你怎么回来啦?"

"妈,爸他怎么啦?"我心一沉,脱口问道。

母亲低下了头,平静地说:"儿呀,别担心,医生说你父亲身体没啥异常,耳朵是因年龄关系突然失聪了。"

不等母亲说完,我一下蹿到父亲面前,父亲看到我,惊讶万分,浑身猛地一抖,老泪纵横地对我说:"平儿呀,爸真想你,你为啥不给我回信?我每天盼着你纸上的声音呢!"

我顷刻全明白了,扑通跪在父亲跟前,呜咽着说:"爸,以后我每天给你写一封信,让你天天能听到我的声音。"

纸上的声音

赏析/安 勇

一位双耳失聪却分外牵挂离家在外孩子的老人,为了能经常了解儿子的生活状况,要求儿子不停地给他写信。他的耳朵虽然听不到声音了,但一颗父亲的心仍然为远方的儿子担忧、惦念、欣喜和快乐着。可在不明就里的儿子眼中,这种过时的通讯方式却让他感到无法理解。他一次次给父亲打电话,想和父亲在电话里交谈,甚至赌气不给父亲回信。而父亲为了不让儿子担心,隐瞒了自己的病情。只是一次次要求儿子寄信,当儿子终于知道事情的真相时,一下子明白了父亲的良苦用心,也深深为自己不给父亲回信而悔恨,他跪在父亲面前,流下了愧疚的眼泪。相信从此以后,父亲一定会经常"听"到儿子在纸上的声音,父子间的感情也会像过去一样,在纸上默默流淌,滋润父子二人的心田。

当小说里的"我"终于从父亲的来信中知道了那段埋藏久远的往事时,一种发自内心的悔恨,像潮水一样顷刻间把她淹没了。

迟 到 的 悔

● 文/张枫霞

我的父亲是典型的陈世美。本来我是可以跟随母亲的,然而,我毅然决然地选择了父亲。不是为了享受他那比较富裕的生活,只是想……让他不得好过。

做父亲妻子的那个女人,我应该管她叫继母,我当然不会这样叫,甚至连阿姨也不叫。为了讨好父亲她总是首先讨好我,整日里苍白着脸像只苍蝇似的围着我转。我不领情,而且表现出极度的厌烦。父亲对我的傲慢与冷漠更是无可奈何。渐渐地,他们除了供我吃喝和念书外不再争取我的亲近与家庭的和谐了,而这正是我所觊觎的。

后来,他们有了自己的孩子,那是一个病弱的呆头呆脑的男孩,自从有了他,家中更无宁日,无论白日还是黑夜,时刻准备着向医院奔跑,每抢救一次,父亲与继母都要瘦去一圈。我不关心这些,依然昂首挺胸地走进走出。然而,就在那一年的夏天,我从来都没有正眼瞧过的小弟弟却与我发生了生与死的联系。

我接到了大学录取通知书,是自费,二点八万元的学杂费必须一次交清。我知道这些年为了给弟弟治病,父亲早已倾尽家中所有。然而,读大学是我多年的梦,也是我惟一离开这个家的出路。拿到通知书去找父亲时,看到桌子上正放着另一张单子,那是医院里的催款通知单。我一句话没说,把录取通知书连同学费通知单一同拍给了父亲,哼!谅他也不敢不给我出这份钱。

半夜里醒来,看到父亲屋里还有灯光,似乎还听到继母压抑的哭声。预感到与自己有关,我悄悄地扒着门缝往里看,只见父亲一支接一支地抽烟,已扔了满地烟头,继母扎在父亲怀里呜呜咽咽地哭。许久许久,父亲似乎做出了重大的决定,猛然扔掉烟头,扳过继母的脸说:"咱们不能为了渺茫的希望耽误了霞子的前程啊!"继母哭得更加厉害了。

第二天,父亲说:"你自个儿准备上学的事吧,我们得上医院,顾不上管你。"继母眼睛红红的，头也不抬跟在父亲身后默默地出了家门。望着他们的背影，突然发现父亲的黑发一夜之间白了许多，再看他们下楼，互相搀扶着，脚步竟然有些蹒跚，他们才刚刚四十岁啊！这么多年来，我的心里第一次有了感动，甚至对自己的争取有了一闪念的放弃。然而，我只是叫住他们，我说我要和他们一起去医院里看望小弟弟。

在我开学的第二个周末，突然接到父亲的电话，说小弟弟已经去了。我无言，我的前途是用小弟弟的命换来的啊！那晚我在操场上徘徊了整整一夜。

五月份，学校里为母亲节征文，这勾起了我对母亲的强烈思念。一篇《母爱》感动了全院师生。我把这篇获得一等奖的散文寄给了父亲，只想让他明白他的不负责任对子女造成了多深的伤害。

一周后我接到了父亲的回信，沉甸甸的足足十几页："……你母亲被那个没良心的人抛弃了，同时抛弃的还有她肚里的你，我娶她是为了救她，我们商量好了，等你长大点再离婚，你刘阿姨还等着我呢。为了你母亲的名声，对外声称是我另攀了高枝，反正我要离开那个地方，听不到别人的唾弃。没想到的是你愿意跟随我，我亲爱的女儿……幸亏有了你，我和你刘阿姨才有了寄托……"

读完父亲的信我傻了，他并非我的生身之父，然而，他却给了我山一般深厚、海一样宽广的父爱。我竟然却一直在怨恨他，甚至报复他。我真后悔……

深藏于父亲心里的爱

赏析／安　勇

一位品德高尚处处为他人着想的父亲，为了保全一个女人的名声，做出了种种牺牲。先是假装娶了那个被人抛弃的女人，又在众人的指责和非议中离了婚。但就是这样一位父亲，在一个不了解事实真相的孩子眼里，却成了一个忘恩负义的陈世美似的人物。甚至为替母亲复仇，还想出了种种报复的手段。但那位和他没有任何血缘关系的父亲，对她却万分地疼爱、视如己出，最刻骨铭心的是为了供她上大学，放弃了给亲生儿子治病的机会，眼睁睁地看着自己的孩子永远离开了人世。当小说里的"我"终于从父亲的来信中知道了那段埋藏久远的往事时，一种发自内心的悔恨，像潮水一样顷刻间把她淹没了。

人们常说血浓于水,在关乎父亲生命安危的紧要关头,一切都变得不重要了,只有一条亲情的纽带,把她和父亲紧紧地连在一起。

把　　关

●文/金　波

这日,比特公司老总威尔逊先生通知女秘书兼人事部部长盖娜:"今天将有一位小姐来应聘本公司急需职位,请把好关口。"

不久,办公室里果然走进一位金发碧眼的青春女孩,脸上笑盈盈的,朝盖娜伸出手:"您好!"

盖娜并没有同她握手,而是示意她坐下来。

"姓名?"

"自我介绍一下,我叫艾丽·约维特,金融应用专业本年度研究生毕业……"

"请填表。"盖娜打断艾丽的话。

艾丽耸了耸肩,埋下头一笔一画地将这张栏目繁多的应聘表格填满。

"面试结束,请转入下一个程序——笔试。"

盖娜一脸严肃,冷峻地注视着眼前这个漂亮活泼的女孩,希望能挑出哪怕一丝一毫的毛病,然后以此来制服她。可盖娜失望了,艾丽不仅青春漂亮,而且专业知识也无可挑剔。最后,盖娜只好通知她:"你明天可以来上班了。"

艾丽被安排到总裁办担任金融政策秘书。

然而,头一天上班,盖娜就发现,这位艾丽小姐真不简单啊,很快就认识了威尔逊总裁,并且向他献媚——不是朝他耸耸肩,就是抿一下嘴巴。盖娜不由得心头起火。

下班后,盖娜通知艾丽:"你明天不要来总裁办,到秘书科去吧。"

"为什么?盖娜小姐!难道我今天的工作干得不好吗?"艾丽深知,去了秘书科,等于自己职降一级了。

"那我就直言相告,在这里,我才是威尔逊总裁的直接负责人,任何工作都由我向他汇报,其他任何人不得与老总亲近。在这里,向总裁表达感情的惟一方式是脚踏实地地工作,而不是令人作呕的媚眼。就这样!"

艾丽瞪圆了双眼,深深地吸了一口气。不过,她总算明白了。

艾丽在秘书科里吸取教训,埋头工作。偶尔碰到威尔逊总裁光临,也赶紧把头低下来,假装没有看见。

躲在一边观察的盖娜冲艾丽的后背哼哼地冷笑。

然而,在一个休息日,盖娜又目睹了一幕令她难以接受的事件。那天中午,盖娜驱车去威尔逊总裁的家里——当然是自己找上门去的,她知道总裁先生最近很忙,忙得连吃饭穿衣都顾不得收拾,因为他正准备与另一家金融企业合作,而有关政策性的细节尚难以敲定。他一向反对在这个时候去打搅他。正当盖娜把车停在门口,犹豫不决时,她的目光穿过玻璃看见艾丽小姐正从威尔逊总裁家里跑出来了,脸上还带着未尽的微笑。

"小妖精!"盖娜恶狠狠地骂了一句,"我举棋不定,你倒捷足先登。"

盖娜掉转车头。她已无意去看望总裁,而是赶回家里起草《通知》。艾丽再去上班,就被莫名其妙地调到了资料室。这就是说,连她的工种也换掉了。艾丽实在想不到在哪里得罪了盖娜,哭丧着脸一打听,得到的答复却是:"你自己比谁都更明白!"

艾丽想了想,若有所悟。她已感觉到盖娜一直在提防她,所以自己的一举一动难逃盖娜的视线。想到这里,艾丽的脸色越发难看起来。看来,要想在盖娜面前恢复信任,很难。

可就这时,只听总裁办一阵大乱。有人喊:"威尔逊先生晕倒了!"艾丽再也无法镇静,她霍然起身,朝总裁办跑去。虽然盖娜此时正扶着威尔逊总裁,但艾丽还是情不自禁地拉起了总裁的手,泪眼蒙眬。

"松手!"盖娜朝她狠狠瞪一眼。艾丽吓得一哆嗦,但手终于还是没有松开。

"去叫一个小伙子来,把总裁背进车里去。"

"不!让我来背他。"艾丽弯下腰,让总裁趴在自己身上。她咬着牙将威尔逊先生背到门口,双腿被压得不停地打颤。上了车,她还不顾盖娜的眼色,执意要亲自送总裁到医院去。盖娜恨得牙齿咯咯响。

当威尔逊先生在医院里苏醒过来后,盖娜正式通知艾丽:"这里没有你的事了,回去结账吧。你从明天起就不用来公司上班了。"

艾丽咬着牙,眼泪止不住地往下淌。

威尔逊总裁示意她们靠近他。他拉起艾丽的手,微笑地说:"艾丽,你再一次违犯了盖娜小姐的命令。"

"是的！可是，可是，我们毕竟是，当您晕倒在地，我怎么能袖手旁观？这是血缘，这是亲情啊，亲情是掩饰不了的呀，难道不是吗？我的、我的……爸——"

亲情是什么也隔阻不了的

赏析／安 勇

读过《把关》这篇小说后，我猜想，艾丽在她的父亲威尔逊的公司工作之前，肯定和父亲有过一个约定，就是千万不能暴露自己的身份。为此，她不惜一次次被公司的人事部长盖娜降职甚至污辱，像一名普普通通的应聘者一样，埋头做着自己的分内工作，连向父亲表示亲热举动都不敢再有，但当她的父亲晕倒在办公室里后，她却再也控制不住自己的情绪，无法把这场戏再演下去，冲进父亲的办公室，背起了晕倒的父亲。是什么东西让艾丽轻易暴露自己的身份呢？我想是亲情和血缘。人们常说血浓于水，在关乎父亲生命安危的紧要关头，一切都变得不重要了，只有一条亲情的纽带，把她和父亲紧紧地连在一起。

人要有志气，就不怕失败，总会有成功的一天。

渡　口

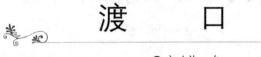

●文/佚 名

　　春节回家探亲，我为妈妈买了好多礼物，只给爸爸带回一条内部处理的白包香烟。从我记事起，爸爸就没怎么疼过我。高考落榜后，我想再读一年复习班，可他不让，说："你没看现在人家都富起来了么，上一年学要少挣多少钱啊！"就这样，学没上成，我参军去了，一去就是三年。

　　到了家中，我和妈妈有说有笑。过了两天，见给爸爸的那条香烟还放在床头柜上，就问："怎么不抽？"

　　他说："戒了。"

　　我们始终话很少。

　　归队那天夜里，下起了鹅毛大雪。天明时，望着盈尺的积雪我愁道："怎么走呀？"

　　爸爸说："到渡口这段路我已扫出了一条小道。天冷，穿上我的皮棉鞋走吧。家有家规，军有军法，不要超假。"

　　我猛然瞥见了挂在院中枣树上的爸爸那件灰大衣，上面结满了冰块。离我家最近的车站是在村前那条小河的对岸，而渡口离我家足足有半公里，爸爸居然在这段路上扫出了一条小道。

　　来到渡口，无人摆渡，爸爸就用手中的木锨当桨，让我坐在船舱中，他划动了小船。河面薄冰晶莹，岸上白雪皑皑。我突然想起了小时候逢到下雪天，爸爸就让我坐在他的肩上驮着我上学的情景。那时候爸爸还很年轻，驮我很轻松；如今他却老了，划起船来好像有些力不从心。一种炽热的情感在我心中油然而生。我当兵的第二年春上，爸爸听说我要考军校，走了五十里的土路，又坐了一天一夜的火车，把我读高中时的课本全都送了来。当时没赶上食堂开饭，爸爸只吃了我为他泡的两袋方便面，就坐车走了，说是怕影响我的工作。

"还气爸爸吗？"爸爸望着远处的积雪，慢慢地划动着手中的木锹，"没有让你在家读复习班，到部队也没考上军校。"

我的心情忽然沉重，爸爸想起了这事。

我宽慰他："怪我自己不努力。考试失利后，我发奋写作，在军区都得过奖呢。"

"人只要有志气，就不怕失败，总会有成功的一天。"爸爸两颗浊泪闪在眼角。

船到岸边，我正欲下船，爸爸从衣袋里掏了一下，右手颤巍巍地递给我："你回来买了不少东西，花了许多钱，光一条烟就得几十块，顶你一个月的津贴。当兵三年爸爸没给你添过什么东西，这三百块钱还是你年前立三等功时，乡政府敲锣打鼓送来的。你的钱，自己拿着用吧。到部队要更勤奋，要出息。"

"我不要，爸爸！"我心里一热，泪水从眼中滚下，扭头向岸上跑去……

扫除心中的雪

赏析／安 勇

这篇小说里的儿子在高考落榜后，因为父亲没有给他复读的机会，将他送到部队当兵，心里和父亲结下了一个难解的疙瘩，甚至有些怨恨父亲当年的决定。但作为一位父亲，却没有因此而怨恨自己的儿子，反而为自己当年的决定而感到悔恨。为了送儿子回部队，他冒着严寒，清早起来在冰天雪地里扫出了一条通往渡口的小路。最后顾念儿子的花销，又把三百块钱塞进儿子的手里。小说里父亲说的一句话也非常让人难忘，他说："人要有志气，就不怕失败，总会有成功的一天。"这句话无疑是给儿子的人生指出了一条光明的道路，像那条雪中的小路一样，指引着儿子人生的方向。

温暖我一生的冰灯

感动系列

163

　　当处于生死关头的儿子，砍断绳子、听命父亲坠下悬崖的一刹那，肯定不曾想到，父亲会为了保全他的生命，已经先砍断了绳子。

父　子

●文／程习武

　　靠采草药度日子，父亲爬山。

　　山大。山险。父亲风中雨中一日日爬，爬过了大半辈子。

　　儿子一天天大起来，父亲让儿子也爬山。父亲不让儿子单独爬，儿子的双手白白嫩嫩，还没有被风雨山石磨过。父亲带儿子爬。

　　父亲拿一根绳子，一头拴了儿子，一头拴了自己，父亲在上面爬，儿子在下面爬。第一次爬山的时候，站在悬崖下面，父亲问儿子，你腰里的刀干什么用的？儿子说，到山上挖药用的。父亲说，还有呢？儿子看看面前的悬崖，看看悬崖上郁郁葱葱的树木，又瞪大眼睛看父亲。良久，摇摇头。父亲说，以后你会知道的。

　　一日日爬山。父子。风中雨中。

　　一日，父子看见绝壁上一大片草呈坟状隆起，严严密密地形成了一个包围圈。是参，是百年老参。

　　父子就奋力向上爬。父亲爬在前面，儿子爬在后面。没有路，只有陡峭的石壁，几乎无处可着手足。父子一点点往上艰难移动。父亲抓住了一棵荆棘，离那棵参只有一步之遥了。突然，父亲感觉系在腰间的绳子猛地向下一拉，抓住荆棘的手几乎要脱开。紧接着传来儿子的惊呼。父亲低头看，见儿子已经离开了石壁，被绳子吊着腰在半空里悠荡。

　　儿子的喊声惊惧而又慌乱。儿子说，父亲，救我呀！儿子的喊声在莽莽苍苍的山间传过去又传过来，传过来又传过去，久久不散。

　　父亲不吭声，父亲只是奋力往上爬。父亲要攀住那棵荆棘。这时候父亲明显地感觉到自己老了。年轻的时候，这样的事情并不需要费多大力气，可眼下不行了。他感觉自己的十根手指似乎在一点点地松下去，松下去。可是不能松，父亲给自己说，下面有那根绳子呀！父亲什么都不顾，他只是向上，向上。后来，他的胳膊攀上

（左侧竖排）温暖我一生的冰灯

（左侧竖排）感动中学生的100个父亲

去了。再后来,他的整个身子都攀上去了。攀上去的父亲又一点点地把儿子拉了上去。

在攀上去的过程中,父亲的腰被别在腰上的刀硌了,但父亲没有感觉到。

这一次的爬山使父亲大病了一场。然后,父亲就明显衰老了。

衰老了的父亲仍然要坚持爬山。仍然是一根绳子,一头拴了父亲,一头拴了儿子。不过,父亲和儿子倒了位置,儿子在上面爬,父亲在下面爬。

儿子说父亲老了,不让父亲爬。父亲却坚持要爬,父亲不放心儿子。

站在山脚下,父亲对儿子说,你该知道刀还能干什么用了。儿子看看父亲,父亲说,你现在该知道了。儿子瞪大眼睛看父亲,但父亲没有说。

一日又一日,风中雨中。

一日,父子又在一面绝壁上看见一棵很大的山参。父子奋力向上爬。在儿子快要爬近山参的时候,爬在下面的父亲的手松了,父亲离开了绝壁,在半空里悠悠荡荡。抓住一棵荆棘的儿子感觉到父亲很重,很重。很重很重的父亲就要把他也拉进山谷了。儿子很惊恐地大声喊,天啊,怎么办呀。父亲不吭声,父亲很吃力地从腰里抽那把刀。父亲把刀抽出来,朝绳子砍去。刀很锋利,一刀就把绳子砍断了。

绳子断了之后,父亲就朝山谷里坠下去。父亲的身子刚刚接触山岩,便有很长的一截绳子也坠下来,落在父亲的身上。绳子在父亲的身上颤颤地动,似一条大蛇。绳子两端的刀痕都齐刷刷的,刀快极了。要是父亲能看到他身上颤动的那根绳子,他肯定会笑的。

绝壁上的爱

赏析/安 勇

一座陡峭的悬崖,一条绳子上连着的父子俩,两次前后相同的遇险,却出现了截然不同的结果。第一次是爬在上面的父亲,拼了性命用绳子把失足的儿子拉上去。第二次是爬在上面的儿子,挥刀砍断了连在父子间的绳子。小说中的父亲曾经不止一次地问过儿子,你腰里的刀是干什么用的。这句话很像一句咒语,从父亲说出来的那天起,就预示着儿子砍断他生命的那一天。我想,当处于生死关头的儿子,砍断绳子、听命父亲坠下悬崖的一刹那,肯定不曾想到,父亲会为了保全他的生命,已经先砍断了绳子。但在坠落崖底的父亲心中,却没有一丝悔恨,相反他还为用自己的生命换来儿子的安全而欣慰。同样的遇险,不同的结局,这可能就是父亲和儿子最大的区别吧!

在这篇小说里，我看到了一位父亲的智慧，他对儿子的教育不是打骂指责，而是动之以父子间的真情。

父 子 连 心

● 文/欧阳德意

　　林腾祥怎么也没有想到，自己千辛万苦把独生儿子培养到大学毕业，并且有了一份不错的工作，到头来还有操不完的心。

　　原来，他的宝贝儿子林耀辉最近不但没有上交一分钱，还变着法儿向家里要钱，而且连续谈了几个对象相继告吹。难怪退休在家掌管家中"财政大权"的老伴儿，三番五次在林腾祥面前唠叨。

　　常言道："子不教父之过"。从机床厂下岗后，林腾祥凭着八级维修工的高超技术，开了间摩托车维修店，起早贪黑，日夜辛劳，到头来还不是为了儿子？可儿子也太不争气了，林腾祥下定决心：无论如何都要阻止儿子误入歧途！

　　这天晚上，林腾祥早早吃过晚饭，把儿子叫进自己的房间。父子俩很久没有这样促膝谈心了。他喝了口茉莉花茶，眼睛盯着儿子说："听说你最近常向你妈要钱，能告诉我是怎么回事吗？"林耀辉听了一愣，旋即振振有词地说："交女朋友嘛，当然要多花钱啰。怎么，老爸心疼了？"林腾祥不动声色，意味深长地说："男子汉顶天立地，说出的每句话都要掷地有声。既然你这么说，爸爸没有理由不相信，希望你好自为之。"

　　可就在第二天晚上，林耀辉骑着摩托风驰电掣般来到东郊娱乐城的一个包间。屋内早有三个人在等候,连麻将牌都已砌好,就等着开局了。旁边还有小姐沏茶送点心,好不舒服。林耀辉连忙落座,兴致勃勃地玩起牌来。谁知,一圈还未打完,林耀辉就发现父亲已经悄无声息地站在身后,不禁吃了一惊。在父亲双目灼灼地逼视下,他只得怏怏不乐地离开麻将桌。当晚,林腾祥并没有大发雷霆,只是用楷书写了"戒赌"两个字,让林耀辉抄写一百遍。

这样相安无事地过了一个星期,林耀辉觉得父亲好像不怎么在意了,以为风声已过,手不觉痒痒起来,又要"蠢蠢欲动"了。这不,就在周六晚上,他又被接二连三约他打麻将的传呼搅得心烦意乱。于是,硬着头皮向林腾祥说了声:"爸,我今晚去同学家里有事。"就匆忙出门了。林耀辉以为这次可以痛痛快快地过把瘾了,不料,牌还没洗好,一个熟悉的身影又出现在他的面前,父亲仿佛从天而降!林耀辉就像泄了气的皮球,无精打采地跟着父亲回家了。这天晚上林腾祥写了"诚实"二字,让儿子抄两百遍。林耀辉直忙到下半夜才抄完。

经过这次的教训,林耀辉着实老实了好一阵子,足足有两个月不敢"轻举妄动"。

春节临近,这是赌徒最活跃的"黄金季节"。林耀辉又按捺不住了。现代通讯工具为这些不守本分的人大开方便之门,经过商量,他们决定到西郊某寺庙"开盘"。在寺庙里,林耀辉面对一尊尊菩萨暗暗祷告:"菩萨保佑,父亲千万别来!"可是菩萨并没有保佑他,林耀辉前脚才到,林腾祥后脚就跟进来了。林耀辉不禁暗暗佩服父亲神通广大,惊奇地问:"爸爸,真是不可思议,不论我到什么地方,你总是如影随形,是不是在我身上安装了窃听器?"林腾祥叹了口气,语重心长地说:"你听说过'可怜天下父母心'这句话吗?跟你说吧,只要你一想赌博,爸爸就会有心灵感应,就会心痛不已,而且一闭上眼睛就知道你去哪里,然后就马不停蹄地赶去。随着一次次的奔波,爸爸的心脏越来越不好了,总有一天会出事的,你难道就忍心这么下去,让我一次次地跑吗?"林耀辉听了这话,如喝了剂清醒剂,幡然醒悟……

后来,林耀辉真的脱胎换骨了,何况他也怕父亲的心脏病发作,自己落个"不孝子"的骂名。再后来,他终于找到了个称心如意的对象,在国庆节举行了婚礼。

婚礼上,当新婚夫妇向二老鞠躬时,林腾祥给儿子一个大红包,说:"这是一份特殊的礼物,你打开看看吧。"林耀辉迟疑地打开红包,里面包的竟是几张收据和一叠的士票。原来,为把儿子从歧途上拉回来,林腾祥不惜血本,花重金雇了私人侦探,"全天候"跟踪林耀辉,接到侦探的报告后,他就坐的士直奔现场……

真相大白的林耀辉不禁百感交集。父亲那动情的声音又回响在耳际:"这世界上虽然没有什么'心灵感应',可'父子连心'却是千真万确的啊!"

父亲的智慧

赏析／安　勇

　　父亲为了帮助自己的儿子戒除赌博的恶习,煞费苦心地想了很多办法,甚至编造了"父子连心"的谎言。当儿子坐在赌桌前时,父亲一次次神奇地出现在他的面前,经过一番努力后,终于帮儿子改掉了恶习,走上了人生的正路。在这篇小说里,我看到了一位父亲的智慧,他对儿子的教育不是打骂指责,而是动之以父子间的真情。虽然每次儿子参与赌博时,父亲都能神兵天降般地出现,并不是什么心灵之间的感应,而是父亲雇了私人侦探,全天候跟踪的结果。但我仍然相信,这对父子的心是实实在在连在一起的,连接他们的就是父子间的深情。

在《父爱》这篇小说里，我们看到了一位非常胆小的父亲，但他为了自己的儿子在夜里咬牙走上了一段黑漆漆的山路。

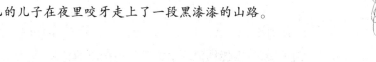

父　爱

● 文/陈　华

白月夜，根宝孤身一人走在冰雪泛白的山道上，冷汗涔涔。

张牙舞爪的林木和一两只野鸟的惨叫，直吓得根宝毛骨悚然，因为胆小，以前根宝从不敢一个人走这条时有孤狼出没的山路。这次根宝之所以在沉寂的冬夜里走上这条路，都是为了迎接放假回家的儿子。

儿子是根宝的希望，也给根宝这位祖辈就困守山坳的庄稼人带来了无与伦比的骄傲：儿子是村子里第一个考上大学吃上国库粮的人。更何况，自从儿子被通知考上大学的那一天起，冷漠的村子都好像一下子变得暖和起来，让根宝明显地感受到了村民的热情，就连从来不拿正眼看他的村主任遇到他，也都老远就堆满笑脸向他打招呼："根宝哥的腿脚好些了吧……"根宝知道，这都是儿子出息了的缘故。所以在根宝的心里，儿子就是他后半生的寄托。几天前，儿子从大学打电话说今天回来，让他到山外的车站接一接。所以今天一大早，根宝就安顿好年迈的父亲，趁早赶了十几里的山路，来到那条通向山里的公路旁边，等待儿子归来，却不想，从早上等到下午，又从下午等到日落西山，也没看到儿子的影子。

儿子怎么了？生病了？误车了？路上出事了……

一个个他根本不愿意想的念头随着希望的破灭都蹦了出来，根宝的心情随着暮色的加重而越来越沉重不安。待到他确定再也不会有车到来的时候，已是一个冰霜铺地的月夜。

就这样，根宝怀着一颗忐忑不安的心，毫无选择地走上了这条曾经诞生了无数鬼怪故事的林间小路。这是根宝出生四十六年来第一次走这条夜路。对儿子的担忧、对荒山夜路的恐惧，笼罩着根宝的全身，弦一般绷紧的神经，让他不由自主地发出沉闷的呼唤壮行。

"儿子——儿子——儿子……"

可让根宝害怕的事还是出现了，就在根宝气喘吁吁地将要爬上山脊梁时，他一路走来从不敢乱视的眼睛，偏偏一眼就看到了山鞍子的那棵大枫树下有一个时而晃动着的影子。

"老天——"根宝猛地打了一个激灵，一股冷气瞬间穿透全身。他本能地想到了大枫树下的山神庙，也本能地想起了山神养狼护山的传说，耳边也好像又响起了瘆人的狼嗥声……

根宝原地怔立一会儿，待发木的头皮有了知觉之后，转身从路边的草丛里摸起一块石头攥在手里，带着一种奔赴战场的悲壮，硬着头皮悄悄地向山鞍子挪去。

这是一条必经的路！他想，这也许就是命中注定的劫，不然好端端的儿子为什么就没接着呢？

靠近，靠近，再靠近。就在根宝确定走到了有效的攻击距离，大吼一声，扬臂，准备把那块碗大的石头扔出去的刹那，蹲坐的黑影子突然立起。

"根宝——"

"是你！——咋在这？"

"娃来电话说今天来不了，我怕你——"

根宝不由得全身一热，手中的石头"砰"的一声落在了地上。爹呀，父亲！

石破天惊的父爱

赏析/安 勇

在《父爱》这篇小说里，我们看到了一位非常胆小的父亲，但他为了自己的儿子在夜里咬牙走上了一段黑漆漆的山路。他没有想到自己在路上，没接到从学校回来的儿子，却意外地遇到了自己的老父亲。因为他的父亲非常了解他，知道他从小就胆小。两位父亲就这样在令人恐怖的山路上相遇。一个是为回家的儿子担心，另一个是在等候胆小的儿子。虽然目的不同，但作为一个父亲的心和那份父爱，是完全一样的。在他们的心里，那条黑暗而恐怖的山路就是一个父亲最应该出现的地方。

最后的愿望

温暖我一生的冰灯

从现在开始,从每一件小事做起,让我们珍惜每一刻孝敬父母膝下的幸福时光,让每一天都变成父母的节日!

一个在高考的战场上屡战屡败的儿子，不忍心再次让相依为命的父亲失望，在又一次落榜后，编造了一个已经被大学录取的谎言，踏上了外出打工的路程。

我 的 大 学

● 文/侯德云

第一次高考落榜以后，我流下了很多眼泪。爹用他那一双粗糙的大手擦去我脸上的泪水，对我说："儿呀，咱不哭。咱好好复习复习，明年考上去，啊。"

第二次高考落榜以后，我流下了很多眼泪。爹用他那一双粗糙的大手擦去我脸上的泪水，对我说："儿呀，咱不哭。咱好好复习复习，明年考上去，啊。"

第三次高考落榜以后，我流下了很多眼泪。我对爹说："爹，我不考了。我笨，我太笨了，我永远也不会考上大学的。"

爹用他那一双粗糙的大手擦去我脸上的泪水，对我说："儿呀，咱不哭。咱好好复习复习，明年考上去，啊。"

爹说完这话，就蹲在地上哭了起来。他一边哭着一边说："儿呀，你不笨。你像你妈，一点儿都不笨，你一定会考上大学的。"

我妈确实一点儿都不笨。她厌倦了小山沟里的穷日子，一个人悄悄地走了，连声招呼都不打。爹却从来没有责怪过妈，他说："儿呀，都是爹不好，爹没钱给你妈治病，她才撇下咱们走的。"

那几年的日子简直糟透了。爹为了凑齐我复读的学费，起早贪黑到处打零工，舍不得吃，舍不得穿，头上的白发越来越多了。他的手掌像砂纸一样，摸到石头上，能发出沙沙的响声；摸到桌子上，也能发出沙沙的响声；摸到我的脸上，沙沙的响声没有了，我的脸却会火辣辣地疼起来。

我的情况并不比爹好多少。我的心情跟我的学习成绩一样，越来越坏。我对高考产生了一种恐惧感。我有时候会很羡慕我妈，她一个人静静地躺在山坡上，啥闹心事也没有，多么好啊。

今年，今年我必须考上大学。我不敢不考上大学。如果我考不上大学，我爹会受不了的，他也许会死的。

可是,我真的能考上大学吗?

听说高考的分数下来了,我赶到学校去看。只看了一眼我就昏倒了。老师和同学把我送到医院,舞弄了很长时间我才醒过来。我号啕大哭。我想我再也没脸去见爹了。我想我肯定是天底下最大号的笨蛋,复读的时间越长,高考的分数越低。我想我干脆死掉算了。

傍晚的时候我回到家里。爹做了一桌很好的饭菜,还买了一瓶白酒。他肯定把家里的那只大公鸡杀掉了。至于他从哪里弄到一条鲤鱼,我就猜不出来了。

我不知道爹为什么要整这么一桌饭菜。不年不节的,搞什么名堂呢?

爹打开酒瓶,倒了满满两杯酒,对我说:"来来来,咱爷俩好好喝两杯。"

我一声不吭,接过酒杯一饮而尽。

爹说:"儿呀,今年考得咋样?"

我脱口而出,说了一句连自己也感到吃惊的话:"挺好的,差不多能考上。"

爹咧开嘴巴嘿嘿地笑了起来。他说:"我找算命先生看过了,他说你能考上。我琢磨着,你肯定能考上。来来来,咱爷俩再喝一杯。"

又是一饮而尽。我的泪水下来了,在脸上流得一塌糊涂。

爹笑嘻嘻地说:"儿呀,你这是咋的啦?"

我用手胡乱抹了抹自己的脸,说:"我,我是高、高兴的。"

高考的录取分数线也下来了,我装模作样到学校周围转了一圈,连学校的大门都没有进就回来对爹说:"我的成绩比录取分数线高了不少,兴许能考个好大学。"

爹笑着点了点头,说:"好,好。"

随着时间的推移,我的谎言也在继续。我不敢把真相告诉爹。我怕把真相告诉他以后,弄不好就能要了他的老命。

又过了一段时间,我的大学录取通知书到了。真不赖,我考上了辽宁大学。通知书是我在县城的打字社里打印的,印章是我自己用土豆刻的。我在同学那里见过不少录取通知书,觉得自己造假本领还不错。

我在心里打定了主意,再过几天我就假装去上大学,实质上是出去打工。我不会让爹给我寄学费的,我会说我在沈阳半工半读挣了不少钱。我甚至还会每个月都给爹寄一点钱回来,我不能再让他过以前的苦日子。我最后要做一件事,是四年以后,花钱买一个假毕业证,在爹的面前一晃,打个马虎眼就行了。

我把录取通知书拿给爹看,爹高兴极了。他挨家挨户把我考上大学的消息告诉村里的父老乡亲。爹以前是个不爱说话的人,那几天他却变成了一个碎嘴子,见到谁都爱说话。

我看见爹对两个不懂事的孩子说:"你们要好好学习,将来像我儿子那样,到沈阳上大学。"爹的表情太严肃了,两个孩子听完他的话,小眼睛滴溜溜地转了几转,突然"哇"的一声哭了起来。我心里很难过,真的很难过。我恨自己!几天前,我来到沈阳。我找到了辽宁大学。我在辽宁大学门口照了一张相,是请附近一家影楼的摄影师照的,为此我多花了两倍的钱。我把照片寄给爹,然后就到劳务市场找工作去了。我的大学时代终于开始了。

为了父亲

赏析／安 勇

这是一篇非常让人感动的小说,父亲在儿子一次次落榜时,用一个简单的动作、一句质朴的语言,给了儿子重新踏上考场的信心和勇气。一个在高考的战场上屡战屡败的儿子,不忍心再次让相依为命的父亲失望,在又一次落榜后,编造了一个已经被大学录取的谎言,踏上了外出打工的路程。虽然儿子的录取通知书和在校门前的照片都是假的,但我还是认为,小说里的"我"至少上了两所大学,一所大学的名字叫父亲的爱,另一所大学的名字叫爱父亲。

父亲最后一句话表明了他对己和对人的态度。对己，他看得很轻，甚至把生死置之度外。对人，却不想给子女们带来什么负担和压力。

三 句 话

●文/吴忠溪

　　父亲一生有三句话，令我永生难忘。

　　父亲的第一句话是："你看这件事怎么样？"

　　父亲一向是说一不二的，包括母亲也别想改变。母亲爱父亲，又有点怕父亲。虽然父亲当年只有每月十八元人民币的微薄工资，但在母亲心目中，父亲是她的支柱和偶像。这造就了父亲的独断专行，但也树立了父亲不可撼动的威信。

　　我家六个兄弟姐妹，母亲病逝时，大姐、二姐已经出嫁，大哥、二哥在外工作，弟弟到外地读书，我在本镇读高中，家中，只有我和父亲两个男人相伴。

　　我家有一块宅基地，有人想买。那一天晚上，我们两个男人吃着晚饭，父亲突然问我："我想把那块地卖了，你看这件事怎么样？"我来不及咽下嘴里的饭，呆呆地望着父亲。父亲的眼神是诚恳的，我可以读懂。

　　也许，说一不二的父亲感到了他的无助。

　　但我相信，在他心中，他第一次感觉到，他的儿子已经是大人了。

　　父亲的第二句话是："我们不要和别人比吃的、比穿的，我们比不过他们，我们就和别人比学习、比工作。"

　　父亲只有十八元的工资，无奈的父亲只能保住四个儿子的学业。两个姐姐没有进过一天学堂。父亲从工作到病退回家前后共十五年，有十四年没有回家过春节，为的是能拿到春节值班补贴和一件棉大衣。

　　父亲说，每年的春节和暑假，是他最难过的日子。因为他有四个儿子要缴学费。

　　所幸的是，我们四个兄弟没有辜负父亲，我们都完成了父亲"鲤鱼跳龙门"这一最朴素的愿望。

　　我们兄弟四个每个人要出门读大学的前一天晚上，父亲都会帮助我们收拾简单的行李。

他对我们每个人都是这样说的："到学校里读书，我们不要和别人比吃的、比穿的，我们比不过他们。我们就和别人比学习、比工作。去睡吧，明天还要早起呢。"

父亲的这句话伴随我们各自的四年大学生活。我们的大学生活可以说是简朴甚至是简陋的，但我们都是以优秀毕业生的身份毕业的。

父亲的第三句话是："以后我如果生病了，我会很快走的。不会拖累你们兄弟。"

母亲生病了。父亲不得不请长假照顾生病的母亲。

我不知道，在家从来不做家务的父亲，从来都是说一不二的父亲，那几年是怎样弯下腰来，学会做所有的家务的。他要陪母亲说话以减轻她的病痛，他要照顾母亲的起居生活，他要兼顾家里的自留地，后来他甚至学会了给母亲打针。母亲痛得厉害，又不能老打止痛针，就大骂父亲。

三年，整整三年，威严的父亲"逆来顺受"了。然而父亲终究没能留住母亲。

母亲走的那一天，父亲一滴眼泪也没掉。只是到了第二个星期六，我从学校回来，看着母亲住过的房间，号啕大哭。父亲坐在门槛上，泪眼滂沱。

那天，他对我说："以后我如果生病了，我会很快走的，不会拖累你们兄弟。"

退休以后，多病的父亲守着老家的三间老屋和一盏孤灯，不肯到城里和我们一起生活。那天下午，堂弟打来电话，说父亲感冒住院了，要我们回去看看。

第二天傍晚，父亲从容离我们而去。

深爱母亲的父亲，一样爱他的儿女们。他用他的箴言，表达了他的爱。

父亲的箴言

赏析／安 勇

小说里父亲的三句话都非常简单，但却有着很丰富的含义。第一句话从一向说一不二的父亲嘴里说出来，表明了对自己孩子的尊重和认可，可以说这句话完成了"我"从男孩儿到一个男人的仪式。第二句话是在教自己的孩子该怎么做人，它朴实无华，却揭示了人生中深刻的道理。带领着子女们踏踏实实走在人生的路上。最终，这句话让几个家境贫困的孩子考上了大学，并以优异的成绩走上了社会。父亲最后一句话表明了他对己和对人的态度。对己，他看得很轻，甚至把生死置之度外。对人，却不想给子女们带来什么负担和压力。父亲的三句话虽然简单平实，却饱含了对子女们的深情和期望。我想，虽然在小说的结尾，父亲离开了人世，但这三句话，每一句都是一个活着的父亲，仍然陪伴在孩子们左右。

跳进井里的父亲,除了害怕惶恐之外,心里一定还有一份慰藉,因为在他死之前,亲手把馒头交给了儿子。

凶　手

●文/乔同来

我十岁那年。害过一场大病,全身浮肿得像块面包,久治不愈,大夫便对父亲说,没多大希望了,拣好吃好喝的,别委屈了孩子。言外之意,是不忍心让我作"饿死鬼"。

大夫这番话是背着我对父亲讲的。所以我那时并没有感到死期已离我不远。除了肚子同大家一样饥饿外,就是终日躺在床上动弹不得。

父亲是个极谨慎的人。全国"大炼钢铁"轰轰烈烈开始后,父亲积极响应,把家里所有的铁制器皿统统交了出去。"大食堂"的岁月也由此而始。由于父亲生来胆小怕事,队长看他做炊事员再合适不过,后来,父亲就干上了"大锅头",便有了以后的故事。

那时"大锅头"的职业无疑是极让人羡慕的。其实食堂也有严格的制度,就连炊事员的饭菜也是定量的。

父亲每天都在老实巴交做着应该做的事。我的家人也从未有过非分之想。直到有一天,我病得一阵昏迷一阵醒,父亲以为我要死了,整日里愁眉不展,长吁短叹,终于有一天深夜,父亲轻轻推醒我,塞给我两个白馍,并压低声音说道:"孩子,快吃了吧!"

第二天,我预感到外面发生了什么事情。街上乱糟糟的。直到傍晚时分,远处忽然传来一阵凄厉的哭声,仔细听,竟是母亲的声音。不多会儿,我看见父亲的尸体被乡亲们抬了回来。

我才知道,父亲是落井溺水而亡,"自绝于人民"。原来他偷偷带回的馒头是专门为迎接上级检查而特意赶做的,不料被一个很"革命"的人供出。公社要立即组织揪斗,父亲吓坏了,没命地逃,队长带着一伙民兵穷追不舍。父亲被逼得走投无路,就"扑通"一声跳进一口水井里……

温暖我一生的火

感动系列

父亲已经去世好多年了,我每次想起他,都会落泪不止。

谁是凶手?

赏析／安 勇

　　一位胆小怕事谨慎做人的父亲,面对自己重病的儿子时,却利用做炊事员的机会,犯了一个天大的错误,把为迎接上级检查而特意做的馒头,偷偷地带给儿子。当这件事情被人揭发后,走投无路的父亲被逼得跳进了水井里,结束了自己的生命。读完《凶手》这篇小说让我唏嘘不已,我在想,谁才是杀死父亲的真正凶手呢?是那段史无前例的动乱年代;是当时饥馑的生活环境;但更重要的却是父亲对儿子的爱。父亲正是因为不忍心看到自己的儿子做"饿死鬼"才犯了这个无法想像的错误。我想,跳进井里的父亲,除了害怕惶恐之外,心里一定还有一份慰藉,因为在他死之前,亲手把馒头交给了儿子。有了这份慰藉,九泉之下的父亲也该瞑目了吧!

也许在世人的头上真的有一双公正的眼睛，注视着人间的善恶，辨别着人间的忠奸。

伤心父亲

● 文/黄永红

　　这是一件发生在我镇的真实事情，生活中，确实有许多的无巧不成书。

　　儿子对老莫不好。儿子脾气坏，老莫原谅他。也难怪，村里比他小的伙伴都纷纷抱娃儿了，他却还是"王老五"，论人才相貌，儿子其实是出众的，可就是无人看上他。老莫明白，是家里穷哩。儿子也风流不成器，与几个男人不在家的婆娘勾勾连连的，有一回还带个回家过夜，老莫骂他，他还愣睛鼓眼道："关你屁相干！"惹得那婆娘在一边嬉笑。老莫又气愤又伤心。辛辛苦苦当爹又当妈把他养大，竟这样。

　　这日，父子俩闷头吃午饭时，老莫忍不住寂寞说："听说新新他妈还没找到。"

　　新新的妈，一个老太婆，独自在路边开个小店，卖些茶水及小百货副食品等。

　　"是去走亲戚了吧。"儿子意外地温和。

　　老莫颇有些受宠若惊的意思，他有些兴奋说："好像没到亲戚家，昨天今天，到亲戚家找过了。"

　　"唔，到哪儿去了？"

　　"都不晓得哩。"

　　"一个老太婆，跑得到哪儿去嘛！"

　　"反正就是没人呀！"老莫说得高兴起来，"听说今天清早连茅厕头都捞过了。"

　　儿子唔一声，便放下了碗。老莫忍不住问："吃好了？"语音刚落就后悔。但儿子并没厌烦，而是点头应了一声。

　　这已经够啦，父子俩好久没这轻言细语交谈过了。老莫心情好，洗碗时还哼起了川剧小调。

　　老莫摇一把竹篾扇，不论遇见谁都打招呼，还说俏皮话："小丫头，才去上学，恐怕都散学了！""侄媳妇儿，大包小包的，往娘家盘啥子！"

　　正是七月大暑，谷子破苞而出，玉米高粱等，果实也正成熟，田野地头，到处一

179

派碧波,微风吹着,那绿软软地微微蠕动,像怀孕的少妇。天空高远地阴凉着,幽幽的凉风拂着脸,多日的炎热后,出现这样一天,大家都很快活。几只狗在路上疯了般跑,忽然钻进干涸了的稻田中,碰得稻子"沙啦"响。

"狗日的疯了么!"老莫大骂,并捡泥巴甩去打狗。

家里有块田在河湾边,老莫摇扇子继续往那儿走,并不远,一转眼便到了。啊,一田的稻花香味,咦,那是什么?老莫马上判断出,是有鸭子在田中。谁的烂鸭子?老莫心头不高兴,弓腰去抠泥饼,可抠不动,便丢了扇子,双手使劲。鸭子叫着上了田埂,扑入河湾,足有八只呢,老莫一边高扬双手,嘴里嘘嘘吆喝着,一直将鸭子们赶了半里多远,这才停止追击。

老莫后来回家睡了一觉起来,有些发热,这才想起扇子掉在河湾边了。去找时,远远就看见那儿一下变得很热闹了,并还有人朝那儿跑。老莫问一个跑过身边的姑娘是咋回事,姑娘说:"我也不晓得。"老莫诧异:"那你跑啥呢?"

"我是看他们都在跑嘛!"她娇声答。

河岸上、田埂上立满了人,纷纷抻颈抻项往河头看,河中有俩人不断往水下钻。

老莫向人问了问,就"嘿嘿"笑了。

原来,新新找不见老母,怀疑寻短了,树林里、崖壁下四处找,又顺河寻,到河湾,见一把竹篾扇,很像母亲所用,便下河去摸,吸引来很多人。听说扇子是老莫所遗,大家就笑了。但这时却有了异样发现。正打算离去的人们又都回过头。新新随一阵水响冲出水面,大口喘息喊:太重,劳烦乡亲,再下来两个!

即刻有仨小伙响应,互相招呼着脱下衣衫跳入水中,经一番折腾,将一装了石头的口袋捞了起来,口袋一起,绑着一人,吓得有两女子尖叫跑开,却又远远站着看。老莫不怕,走近看,虽然尸体肿胀,但还是认出,这不正是新新老娘么!好可怜……

村长支书也来了,站在河岸高处,使用手机拨通了"110"。

老莫掉扇子出了名,他说,自己从没掉过扇子,不料……幸好啊,扇子掉了。有老人就叹道:"冤魂不散啊!"

仅两天后,老莫一下又成了别人关注的对象。当警察冲进屋把儿子从床上铐起时,老莫木头木脑不知所措地跟出院子。儿子上车时,回头恶狠狠盯着老莫道:"鬼把你疯了,到河边去招死啊?"

"我日你妈,杂种!"老莫愤怒跳脚,"我日你妈!"

警车开走了,老莫还说:"日你妈,杂种啊!"但他随即轰然蹲坐在地,呜呜大哭起来。

是高兴，还是伤心？

赏析／安　勇

　　读过这篇小说后，我的心头涌起了一股难以言表的情绪，面对小说里那位伤心的父亲，我真的不知道该说些什么。

　　这篇小说里的儿子是一个怨天尤人、不求上进、整天想着不劳而获的人。他抱怨自己的家庭，仇视这个社会、甚至也仇视他的父亲。这种心态最终导致他滑进了罪恶的深渊。在他作案后惴惴不安的那段日子里，父亲无意中提起被害人的情况，他当然会非常关心。但在父亲看来却以为是儿子主动和他化解，父亲还因此而兴奋异常。父亲落在河中的那把扇子，当然和儿子无关，但却在冥冥之中成了让儿子伏法的线索。也许在世人的头上真的有一双公正的眼睛，注视着人间的善恶，辨别着人间的忠奸。

如果我们的孩子是一棵杨树，我们就不要强迫他长成一棵柏树。

木匠的儿子

●文／程世伟

马木匠的儿子怕血。这使他有办法催儿子弹钢琴了。那天，马木匠边磨刨刃边催儿子弹琴，连叫三声，儿子仍不动。小家伙正用铅笔往木板上画着什么。马木匠喊第四声时，他的拇指被锋利的刨刃碰出了血。马木匠用嘴去吮，两唇立刻染成红色。儿子放下手中的笔，愣愣地瞅，然后乖乖地弹钢琴去了。这下马木匠省了不少事，不然他有可能喊第五声第六声……最后把儿子揪到钢琴前，再替他打开琴盖，拿出应弹的谱子……总之要费好多事。马木匠发现自儿子学钢琴以来头一次这样自觉。他想，如果儿子见到血就去弹琴，那真是妙极了，要比打孩子的办法强得多。儿子挨打后自然会弹琴，但效果不佳，一边呜咽，一边按键，常把谱子搞错。马木匠决定用流血的办法督促儿子弹钢琴。

马木匠不想让儿子再干木匠了，尽管这门手艺已在他家传了四代。马木匠用了全部积蓄给儿子买了一架钢琴。马木匠是在一位教授家做木凳时听说钢琴是贵族乐器的，他决定让儿子学钢琴。

马木匠慢慢拿出刨刃走到儿子身边。儿子正专心做一把木枪。他从儿子手中夺过木枪，将刨刃立在左臂上，说："从现在起，让你弹琴，你就要认真去练。不然，这东西就要割爸爸的肉。"儿子不懂老子的话，只管去抢那木枪。马木匠见儿子仍不动地方，真的在刨刃上用了力，鲜红的血立刻涌出皮肤。开始儿子只是傻傻地看，接着杀猪般地奔向钢琴。马木匠用湿毛巾擦去臂上的血，站在儿子身后欣赏儿子弹琴。琴键上两只小手不停地跑动，时而腾出一只手抹去面颊上的眼泪。马木匠拍拍儿子的肩，说："以后让你弹，你马上就弹，不要……"儿子突然转过身，握着拳吼道："不弹！不弹！永远不弹了！"

这是马木匠完全没有料到的事，愤怒的火焰直冲到马木匠的喉头。他转身操起一根桌腿粗的方木，狠狠朝钢琴砸去。儿子真正地吓傻了，蜷曲着身子躲在墙角发抖。马木匠没有打儿子，却连续向钢琴猛劈，直至孩子妈跑进来。钢琴表面木板均已零碎，孩子妈心疼地坐地大哭。

钢琴不能再学下去了。马木匠承认自己做了一个钢琴梦。待冷静下来一算，三年来仅学费一项就花掉二千元人民币。

马木匠决定卖掉砸坏的钢琴，价格多少不妨，免得看见它生气。星期六晚上，马木匠就领来了买主，但给的价钱实在可怜，尽管马木匠连说，里面的机器没坏。买主却只给一千元，多一分不要。

第二天下班，马木匠连澡都没来得及洗便坐着买主开来的汽车回家拉琴了。老马推开家门，一个奇迹出现了：一架完好无损的钢琴立在那里。马木匠惊呆了，买琴人惊呆了。只有木匠妻在一边微微地笑。她告诉丈夫，钢琴是儿子修复的……马木匠弯下腰用那双粗糙的手仔细摸着钢琴，最后走到儿子身边，抱起他的头，猛烈地亲起来。买琴人在一边问："他是你儿子？"马木匠骄傲地说："是的，一个木匠的儿子，他只有十岁。"

让孩子自由成才

赏析／安　勇

据我观察，像这篇小说里马木匠这样的父母，在生活中比比皆是。他们望子成龙、望女成凤，在下一代的身上倾注了非常多的期望和心血。他们的孩子也在父母为自己设计好的人生道路上不停地努力着，或弹琴、或画画、或学舞蹈……但孩子们在父母的重压下，取得的成绩却往往不尽如人意，甚至有些还会产生很重的心理负担。归根结底，只有一个原因，父母虽然渴望自己的孩子成才，却忽视了因材施教的道理。其实，每个人都有一把成功的钥匙，关键在于是否能找对锁。就像马木匠的儿子，他虽然不喜欢弹琴，但却是个非常有天赋的好木匠。如果我们的孩子是一棵杨树，我们就不要强迫他长成一棵柏树。因为不管是杨树还是柏树，都一样出色，一样美丽。

这篇小说让我们深刻认识到了知识对人的重要性，尽管我们的手强壮有力有如钢筋铁骨，但在有些东西面前，还是没有用武之地。

父亲的手

● 文／[美]加尔文·渥星顿

　　父亲是个文盲。美国的文盲人数现在已经逐渐减少了。但是，只要还有一个文盲，我就会想到我的父亲，想到他那双不会写字的手和这双手给他带来的痛苦。

　　若干年后，只受过四年教育的母亲试图教父亲识字。又过了若干年，我用一双小手握着他的一只大拳头，教他写自己的名字。开始，父亲倒是甘心忍受这种磨炼，但不久，他就变得烦躁起来。他活动一下指头和手掌，说他已经练够了，要自己一人到外边散散步。

　　终于，一天夜里，他以为没人看见，就拿出他儿子小学二年级的课本，准备下工夫学些单字。但是，不一会儿，父亲不得不放弃了。他趴在书上痛哭道："耶稣——耶稣，我甚至连毛孩子的课本都读不了？"打那以后，无论人们怎么劝他学习，都不能使他坐在笔和纸面前了。

　　父亲当过农场主、修路工和工厂工人。干活时，他那双手从未使他失望过。他脑子好使，有一股要干好活的超人意志。第二次世界大战时，他在一家造船厂当管道安装工，安装巨型军舰里复杂、重要的零件。由于他工作劲头大、效率高，他的上司指望提拔他。然而，由于他未能通过合格考试而落空了。他脑子里可以想象出通到船的关键部位的条条管道；同时，他手指可以在蓝图上找出一条条线路。他能清楚地回忆出管道上的每一个拐角、转弯。然而，他却什么都读不懂、写不出。

　　造船厂倒闭后，他到一家棉纺织厂工作。他夜里在那儿上班。白天抽出些睡觉时间来管理自己的农场。棉纺织厂倒闭后，他每天上午到外头找工作，晚上对我母亲说："通不过考试的人，他们就是不要。"

　　一次，母亲去看我姨妈，父亲到食品店买水果。晚饭后，他说，他给我准备了一些意想不到的水果。我听到他在厨房里撬铁皮罐头的声音。然后，屋里一片寂静。我走到门口，看见他手拿着空罐头，嘴里咕哝道："这上的画太像梨子了！"他走出门,坐在屋外的台阶上,默不作声。我进屋看到罐头上写着"大白土豆罐头"。但是那上面画的的确像梨,难怪父亲把它当梨买来了。

几年后,妈妈去世了。我劝父亲来和我们一起住,他不肯。他的身体越来越差了,因为轻微的心脏病发作,他常常住医院。老格林医生每星期都来看他,给他进行治疗。医生给了他一瓶硝酸甘油片。万一他心脏病发作,让他把药片放在舌头底部。

我最后一次见到父亲时,他那双又大又温暖的手放在我的两个孩子的肩上。那天晚上,我们全家乘飞机离开父亲到新城市里居住。三个星期后,他心脏病发作与世长辞了。

我只身一人回来参加葬礼。格林医生说他很难过。实际上,他觉得有点不可思议,因为他刚给父亲开了一瓶硝酸甘油。然而,他在父亲身上却没找到这个药瓶。

他觉得,如果父亲用了这药,大概还能等到急救医生的到来。

在小教堂举行葬礼的前一小时,我不由自主地来到父亲的花园门口。一个邻居就在这儿发现的他。我感到十分悲痛,蹲下身,看着父亲生前劳动过的地方。我的手无目的地挖着泥土时,碰到一块砖头。我把砖头翻出来,扔到一边。这时,跳入我眼帘的是一只被扭歪、砸坏、摔到松土里的塑料药瓶。

我手里拿着这瓶硝酸甘油片,眼前浮现出这样一幕情景:父亲拼命想拧开这个瓶盖儿,但拧不开;他在绝望中,企图用砖头砸开这个塑料瓶。我感到极端痛苦,知道父亲至死也没能拧开这个药瓶。因为药瓶盖上写着:"防止小孩拧开——按下去,左拧,拔。"目不识丁的父亲看不懂这一切。

让天下父母也能识字

赏析/安 勇

这篇小说里的父亲是个目不识丁的文盲,虽然母亲和"我"一再努力,都没能让他学会认字。因为没有文化,父亲失去了工作,在生活中不断闹笑话——把土豆罐头当成梨子罐头买回家里。更令人心酸的是,父亲那双有力的大手,在一只小小的瓶盖面前变得虚弱无力,因为打不开瓶盖而病发不治,离开了人世。因为父亲看不懂瓶盖上写着"防止小孩儿拧开——按下去,左拧,拔"的说明。这篇小说让我们深刻认识到了知识对人的重要性,尽管我们的手强壮有力有如钢筋铁骨,但在有些东西面前,还是没有用武之地。如果父亲知道瓶盖上写着的是那样几个字后,不知他会怎样悔恨自己的当初呢?

父亲临行前那几句朴实的嘱托，也让我们感受到了父亲对儿子的慈爱和关心，让人倍觉温暖。

父亲到城里住几天

● 文/于心亮

父亲要到城里住几天。

儿子逮这个机会小心翼翼跟媳妇说了。媳妇说：愿来，来呗。儿就放了心。放了心，却忍不住叮嘱：爹一辈子在农村，有些地方，你忍让些。媳妇就白了儿子一眼。

父亲就来了。把儿子和媳妇欢喜得不行。

父亲也欢喜得不行，捧着脚丫子乐乐地和儿子媳妇说半天，喉咙一痒，要吐痰。儿子和媳妇惊恐地瞅着父亲的嘴，却见父亲一仰脖，吞了。媳妇赶紧躲了，去做饭。剩下儿子热热地伴父亲说话，说老街的某某某啦，说某某某的啥啥啥啦，很多。

饭菜很丰盛。父亲让儿子给自己撵了一碗，然后端着蹲到门口去吃。儿媳说：爸，坐到桌前来嘛。父亲说：蹲了一辈子，习惯了。儿媳还要劝，儿却赶紧端上一碗，也蹲到门口去，慢悠悠地拣来些话，东一句西一句地聊，很滋润。

儿想父亲应该洗个澡，解解乏。父亲说：俺身子干净哩，来之前，塘里浸了半天。儿就没再言语。临近上床前，父亲看看儿媳预备下的被褥，沉吟半晌，说：还是洗一洗吧。儿帮父亲搓澡，搓下一点儿灰。父亲就很羞涩：俺真洗了澡呢，抹了塘沙搓呢。儿说：爹不是讲，人是泥做的么，咋样洗，也有灰。父亲说：那是。于是，澡盆里，父亲安稳了。

　　父亲睡了一宿觉,睡得很好。翌日晨起趴在阳台前看楼下老人拎着鸟笼慢慢走过。父亲就叹气:圈在笼里,没灵性呢。看了半天,父亲又偷偷拉住儿子说:我瞧见日头是从西方升起的,看来我是掉向了。这事,别跟你媳妇说。儿子就很郑重地点头。踱到厨房里,儿说:剩饭要倒,倒到外面去,省得爹看见。

　　吃饭时,父亲还是问了:昨儿的呢?

　　儿媳灵巧地答:来了要饭的,给他了。

　　爹说噢。低下头扒饭。

　　下班回到家,儿子发现父亲不见了,四下里找,瞧见父亲正蹲在楼下鼓捣泥土,好好的一块草坪,被父亲用炒菜铲子铲掉大半。儿子叫声苦,忙跑下楼去。父亲见儿子跑来,父亲就很高兴:我种了一些芸豆,还有青菜,省得到时你要花钱买。儿子这才想起,父亲不管走到哪里,衣兜里总忘不了带着一些种子。儿子就挤出些笑容在脸上——牙疼似的咧着嘴。儿子担心父亲把余下的草坪也铲掉。父亲却不了。父亲说:种多了,你们也吃不完,浪费,剩下的地,让旁人开点荒吧,咱不能吃独食,是吧?儿就很郑重很郑重地点头。

　　父亲让儿子陪着看了许多地方。父亲惊奇在眼里,脸上却是安安坦坦,一副见多识广的样子。人多的地方,就更少言语,顶多点点头,或是摇摇头。但父亲心里,却在想,回去后,可得在那些老伙计面前好好白话白话了。

　　住了几日,父亲就盘算着要回去了。儿子劝阻一番,父亲只是说不添麻烦了。并且,父亲叮嘱儿:一、要添个娃娃了,没有孩子,哪像个家?二、要节俭着生活,不要因为成了城市人,就大手大脚的;三、楼下的菜地要注意浇水施肥,小孩子偷菜,莫计较。儿就很郑重很郑重地点头。

　　儿给了父亲一百块钱。儿子偷偷地说:爹,把这钱送给你儿媳吧,就说是你做公公的一点儿心意。父亲就颤了一颤,钞票于是在父亲手上一失足,滑到地面上。父亲就蹲下去捡,儿子也去捡,你捡我也捡,就让父亲捡到了。父亲把钞票抚在手里,拍了拍儿子,又拍了拍儿子。

　　送父亲上了车。回去的路上,媳妇很满意地说:你爸不错,临了,给了我一百块钱。儿就点点头,笑一笑。

　　媳妇把父亲用过的东西拿消毒液泡。儿想看会儿书,翻翻,却翻出一百块钱。儿抚抚平,又抚抚平,就把书扣到眼睛上。

　　这一百块钱,儿子始终当做书签夹在书里,没敢花。

当成书签的爱

赏析／安 勇

　　一位农民父亲到城里的儿子家来住几天，这本来是一件非常平常的小事，但在这篇小说里我们却体会到了父子间那种让人感动的默契和深情。小说里的儿子非常了解自己的父亲，也非常尊重父亲的生活习惯，处处都对父亲关照有加。甚至就连在倒掉剩饭的小事上，也表现得心细如发。而父亲临行前那几句朴实的嘱托，也让我们感受到了父亲对儿子的慈爱和关心，让人倍觉温暖。在小说结尾处，儿子给父亲的一百块钱，更让人看到了父子二人紧紧贴在一起的两颗心。我想，儿子最后把那一百块钱夹在书里，更多的是对父亲的一种思念，和对父子间那份情感的收藏吧！

> 他们的心还是连在一处的,不管是父亲还是儿子,都无时无刻不在默默地关心着对方。

请父亲吃饭

● 文/陈韶华

请父亲吃饭,怎样请父亲吃顿饭,长久以来,一直是我的一块心病。

母亲去世后,父亲一下子仿佛老了十岁。他整日侍弄花草,以花为伴,孤独生活。他生性耿直,少言寡语,脾气不好,与儿媳们的关系总处不好,也不愿与我们住一块儿。父子难得一聚,只有逢年过节,弟兄们吃酒,人多时,才把他也请来。

说实话,多少回,我总想把父亲单独请到我家,一家老小好好吃顿饭,但鉴于他曾多次得罪过我妻子,话到嘴边,又怕再引起家庭风波而难以启齿。好在北京还有三弟、四弟、六妹,父亲时时北上京城,两头居住。

这一次,三弟在北京的公司门面多,实在太忙,三番两次打电话,催父亲去救急帮忙。父亲年事日高,往返也跑怕了,想已下了决心,对我说:"老大,你喜欢什么花就都搬走吧,余下的花草我全都散给邻居们,这次去北京,我可能就不再回来了……"父亲的声音中,分明有几分掩盖不住的酸楚与无奈。

行前,我说:"爸,我请你吃顿饭吧!"父亲说:"好啊,在哪儿?"我说:"去饭店,就我们父子俩。"父亲似有不悦,估计他还是想到我家里去(这也是他一贯的向往)。沉默良久,说:"也好,咱父子好好聊聊。"

傍晚时分,我同父亲来到富康酒楼,老板是我的朋友,要了个清静的单间,拿来菜单,让父亲点,父亲看也不看,就说:"来个三菜一汤,一个红烧肉,多肥少精的,以免塞牙;还有清蒸鲫鱼,要大些的;再就是牛肉烧萝卜,要化些;至于汤嘛,就来个整鸡煨汤吧,但一定要农村家养的,不要饲料鸡!"

父亲常说:"日图三餐,夜图一宿,这人嘛,能吃才有福!"父亲饭量大,尤其是在困难年代,即使粮食再紧张,他是家里的顶梁柱,祖母、母亲及我们都让着他吃,他也从来当仁不让。好吃,好喝,是他一生最大的乐趣。

父亲果然好食欲。有吃福,这回更是放开量来,他喝了两瓶啤酒,吃了两条大鲫鱼，一碗红烧肉，大半个煨鸡，还喝了一碗鸡汤。一位七十高龄的老人，如此能吃，真令我眼界大开，又惊又喜又惭愧，因我平生从未单独请父亲吃过饭，更不知他竟有如此饭量。我想，以往在人多吃饭的场合下，父亲一定是控制食量，多少回都是在委屈自己。

父亲吃得痛快，我更高兴。饭后，想起父亲年轻时也曾是票友，便提议说："爸，唱段戏吧！"父亲说："好哇，有京胡吗？"老板说："只有二胡，早预备着呢！"父亲说："那好，就来段黄梅戏吧——《天仙配》，董永的。"我便操起琴来，父亲放声而唱……想不到的是，父亲声音虽然苍老，略显沙哑，但仍不失圆润、饱满，有板有眼，韵味十足，一曲唱罢，竟引来饭店众多食客，齐声叫好。父亲却不无得意地说："老了，老了，不比从前了！"

走出饭店，已是晚上九点。将父亲送回家，在门口，父亲紧紧握着我的手说："好儿子，谢谢你的这顿饭，还有唱，让我过足了一把瘾！往后怕没这机会了。"父亲说着说着，竟流下了老泪，自觉不好意思，又说："我这可是高兴啊！"

当晚，我想着父亲的平生事，还有这顿饭，一夜无眠，心头不知是心酸，还是欣慰……

请父亲多吃几顿饭

赏析／安　勇

人生中真的有很多无奈，就像父子之间的感情，儿时，父亲无疑就是一棵大树，为子女们撑起一片阴凉的庇护。那时的儿子就靠在父亲的臂弯里，那时的父子离得很近很近。但当孩子也长成一棵大树的时候，父子间的交往反而变得疏远和陌生了。也许是家庭中的一些摩擦，或是两代人思维方式的不同，在父子间拉开了距离。但他们的心还是连在一处的，不管是父亲还是儿子，都无时无刻不在默默地关心着对方。这篇小说里的儿子，在父亲远行之前，用请父亲吃饭的方式表达了一个儿子的情感。父亲那顿饭吃得很多，很高兴。饭后还唱了段戏。当临别，父亲紧紧地握住儿子的手时，我一下子明白了，儿子哪里是仅仅请父亲吃了顿饭啊，他是给了父亲也给了自己一次真情流露的机会呀！

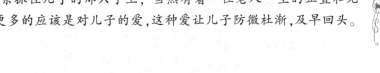

父亲抓住儿子的那只手上，当然有着一位老人一生的正直和无私，但更多的应该是对儿子的爱，这种爱让儿子防微杜渐，及早回头。

老　父

● 文/高海涛

所有人的感觉和所能使用的一切医学检测手段，都表明：老人已进入弥留之际。一向慈善安详的老人，表现了极度的痛苦。人们屏声静气地关注着他，几乎所有的人都感觉到，那深深的痛苦不是来自生理，而是来自心灵。人们甚至感觉到有种令人敬畏的力量在支撑着老人一次次地挣脱死神的巨手，竭力攀住崩溃殆尽的生命堤岸。

人们再不忍心让老人延长这种挣扎。他们努力猜测着老人的愿望，以便满足他，让他放心离去。

老伴捧着他的枯手，根据人们的提示，把嘴贴到他的耳边，一一地问。老汉一一用急躁厌烦的表情否定。

不是老伴身体的事，不是孙子上学的事，不是外孙女求医的事，不是女儿与婆婆不和的事……不是，都不是。

难道是不放心儿子？儿子大顺是乡长，三十八岁，正走红，如日中天，有什么不放心的呢？

老伴还是问了：你是不放心顺儿？

老汉停止了急躁厌烦的表示，手指在老伴的手心上用了用力。老伴扭头寻见了儿子，示意他过来。

儿子没动。

老伴喊了声：顺儿，你过来！

大顺走到父亲床前，叫了声爸。老汉双眼睁出一条缝，挤出两道令人生畏的光，定在了儿子的脸上。儿子扭了脸，却看见由被窝里伸出的那只枯手在床单上敲击着，便感到那手是在播动一面大鼓，撼人心魄。于是，又躲这只手。

有人提醒：乡长，把手递给大爷。

大顺没动。

母亲说:"顺儿,你爹要你的手。"

大顺把手伸过去,立刻被抓住。他感到那只手传导着由心底发出的刻骨的力量。立刻,愧疚、悔恨、慌乱、恐惧、悲痛交织一体,在他的心灵深处倒海翻江。但,没有泪,只有汗。汗从额上、两鬓、两腋、前胸、后背冰凉凉地涌出来。

此刻,他是真的悔不当初了!

朋友倒化肥,求乡长大顺帮忙。他应了做了,得到了丰厚的报酬,便一次次地干下去。当发现是假化肥时,他已深深地陷了进去,无力摆脱。

一车假化肥被发现,货主和司机逃脱,车被扣押在乡政府大院。第二天,公安、工商就要来人,这罪证必须看好,以便顺藤摸瓜,惩治罪犯。

乡长大顺深夜悄悄打开了大门,带人来开车。来看儿子、住在院里的老汉把一切看了个真真切切。老汉跑出屋,车已经出了院,喊了声:"顺儿,你这个……"就一头栽倒在地上。

满身冷汗的大顺,嘴贴着父亲的耳朵说:"爹,那些货不是我弄的,我只是帮帮手。"

老人不松手。

又说:兔子不吃窝边草,我没让他们坑过本乡一个人。

不松手。

又说:爹,我对不起您,从今往后,我再不会干了——您放心吧!

仍不松。

一个穿制服的近了床前,帽子上的国徽被老人的目光捉住。老人的眼睛突然地睁大了,似在辨认。又由帽徽而下去辨那张脸,渐渐,眼睛失神了,失望地闭住。那人是女婿,在税务上工作。

大顺突然声泪俱下,大声向着老父说:"爹,我明白了,您等等——"说完挣开老人的手,奔向门外。

大顺回来时扑通一声跪在父亲面前:"爹,我投案自首——您、您放心吧!"说毕,把手举到老父跟前,紧跟他进屋的公安派出所所长迅速地给他戴上手铐。

老人又睁大了眼,辨认了帽子上的国徽,辨认了国徽下的脸,辨认了手腕上的铐子,长长地出了口气,如释重负地合上双眼,两滴浑浊的泪由深深的皱纹丛中滚落下来。

哭声骤起……

真 爱

赏析／安 勇

　　一位在生命处于弥留之际的父亲，念念不忘的却是亲手把儿子绳之以法，在常人看来，这似乎很难理解，不可思议，甚至有些不近人情。但如果我们认真地想一想，这却是一位父亲在生命结束之前，留给儿子的最好的礼物和最深沉的父爱。因为父亲这是在对儿子做一次成功的拯救。对于儿子来讲，认罪服法、洗心革面，无疑是他最好的出路，也是避免他以后走上绝路的最佳选择。父亲抓住儿子的那只手上，当然有着一位老人一生的正直和无私，但更多的应该是对儿子的爱，这种爱让儿子防微杜渐，及早回头。

温暖我一生的灯火

感动系列